医学のひよこ

海堂 尊

角川文庫
23731

医学のひよこ　目次

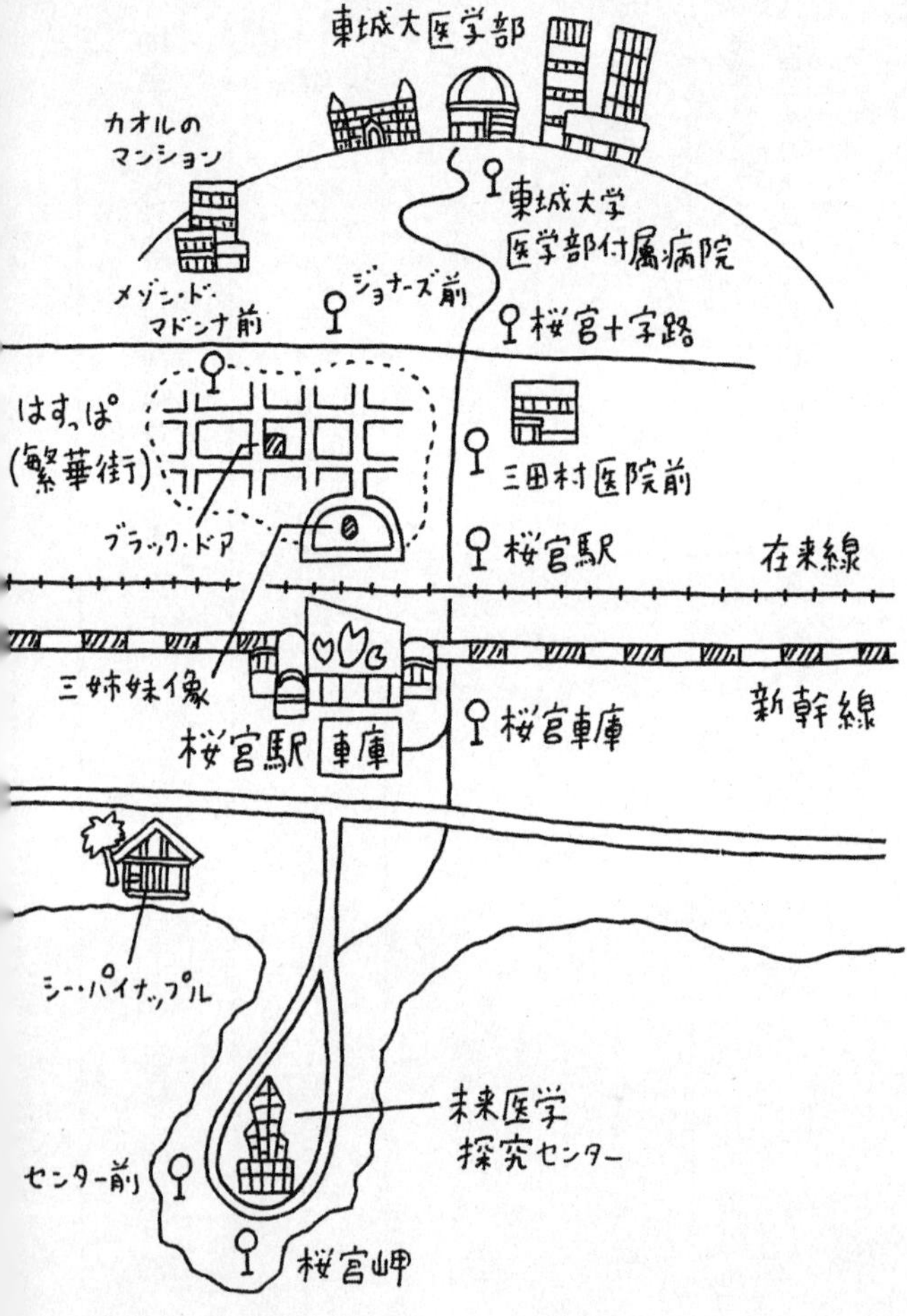
東城大医学部
カオルの
マンション
東城大学
医学部付属病院
メゾン・ド・
マドンナ前
ジョナーズ前
桜宮十字路
はすっぱ
(繁華街)
三田村医院前
ブラック・ドア
桜宮駅
在来線
三姉妹像
新幹線
桜宮車庫
桜宮駅
車庫
シー・パイナップル
未来医学
探究センター
センター前
桜宮岬

桜宮市の地図
岩山
桜宮中学前
トンネル
桜宮学園
平沼
製作所
波乗りハイウェイ
桜宮水族館
桜宮海岸
深海館
桜宮湾
水族館
桜宮海溝
東城大学
海洋研究所

1章

2023年4月11日（火）

幸福な人は微睡み、
不幸な人は覚醒する。

幸福な人は微睡《まどろ》み、不幸な人は覚醒《かくせい》する。

その言葉を聞いたのは、ぼくが今回の騒動に巻き込まれた直後だったと思う。

その時、ぼくは「平凡」な毎日と別れを告げ、「特別」な日々が始まった。

それを「不幸」だと思った時もあったけど、今はそうは思わない。

ぼくが自分を「特別」だと思っているなら、それは自分を「不幸」だと言い続けているのと同じだ。でも、「特別」であり続けることは滅多にない「幸福」なのかもしれない。そんな風に思った時、「平凡」と「特別」、「幸福」と「不幸」は無限大「∞」の軌跡の交点になった。

幸福な人は平凡になり、不幸な人は特別になる。

それが「幸福な人は微睡み、不幸な人は覚醒する」という箴言《しんげん》の真意なのだろう。

そんな「幸福と不幸」が入り乱れた、ぼくの波瀾《はらん》万丈の日々は、ちょうど中学3年になった春に始まった。

それからわずか3ヵ月の間に、ぼくの周りで、あんな「特別」なことが次々に起こるなんて思わなかった。

けれどもぼくなら、そんな未来を予感すべきだったのかもしれない。

だってぼくはその前年に、「平凡」な中学生なら絶対しないような「特別」な体験をしていたのだから。

∴

「カオルちゃん、進路希望調査書は持った？」とシッターの山咲《やまさき》さんに聞かれたぼくは、「うん、まあね」という生返事をして、パソコンをシャットダウンした。

相変わらずパパからは朝食の献立メールが送られてくるけど、以前とは少し違っていた。

✉ディア、カオル。今日の朝食は、カリフォルニア米のリゾットとアボカドサラダだった。伸

これが以前のメール。それが最近はこんな風に変わった。

✉ Dear Kaoru, 今朝の朝食はポーチド・エッグとマンゴージュースだった。Shin

米国の名門・マサチューセッツ工科大学の教授なら、ディアくらい英語で書いてほしい、と思っていたら最近、書き出しが「Dear Kaoru,」で、最後の署名がローマ字になったわけだ。

これは、パパの同僚でノーベル医学賞の有力候補、マサチューセッツ医科大学のオアフ教授とぼくが、ひょんなことから知り合いになったことと関係しているのかもしれない。

でも医学界の大騒動になったあの事件の影響が、パパからのメールの書き出しと署名が英語になっただけだというのも、何だかなあ、と思う。

それでも毎日飽きもせずに献立をメールしてくる律儀さには、ちょっぴり感動する。

朝食の献立だけのメールは手抜きだ、なんて昔は思っていたけれど、ある事件でパパとたくさんメールのやり取りをすることになってから、そうじゃないんだと思えるようになった。

パパは、必要な時はちゃんとしたメールをくれた。ふだん朝食の献立をメールしてくるのは、ムリにメールする気持ちがあまりなかっただけだ。

なんて、そんなことを考えていたぼくはふと時計を見て、鞄《かばん》を手にして、あわてて家を飛び出した。

鞄の中には進路希望調査書がある。何も書いてないプロトタイプ、羽化する前のサナギ状態だ。青虫やサナギを蝶《ちょう》と呼ばないように、白紙のプリントは進路希望調査書とは呼ばない。

そんな風に考えるのは、ぼくの大好きな生物番組「ヤバいぜ、ダーウィン」、通称「ヤバダー」の影響だ。

ぼくは歴史オタの上に生物オタで、「ヤバダー」フリークを自任している。

生物界は広大で種類は膨大、繰り広げられる物語は遠大で、結末は壮大だ。

だからそのジャンルを知るために、多大な努力をしていれば当然、桜宮《さくらのみや》中3年B組という狭い世界ではトップに君臨していてもおかしくない。

なのに世の中は思うようにはいかず、そんな狭い世界にぼくに比肩するライバルがいたりするなんて、人生の皮肉だ。

……話が脱線した。要するにぼくは進路希望調査書をサナギのまま教室に持っていこうとしていた。いや、この喩《たと》えはちょっと違うかな。

ぼくの進路希望調査書はそこまでも育っていないから、サナギよりタマゴに近いのかも。

そんなどうでもいいことをエレベーターの中で考えながらマンションの外に出ると、ぼくの肩にひとひら、さくらの花びらが散りかかってきた。

バス停はマンションの入口の傍にある。玄関からは徒歩1分、走れば30秒。

家の前の停留所は屋根付きで雨が降っても傘いらず。そして「桜宮中学前」という停留所も屋根付きで走って1分で校舎に駆け込める。

何が言いたいかというと、だからぼくは傘を持たずに登校できるということだ。

向こうから時間通りに青いバスがやってきた。目の前で停まってドアが開く。

乗り込むと、いつもの混み具合で空席がちらほらある。一番後ろの席の、長い髪の女の子が、横に置いた鞄をどけて席を空けてくれた。ぼくは当然のようにそこに座る。

「ねえ、カオル、進路希望調査書は持ってきたわよね」

うん、まあね、とぼくはここでも生返事をしてしまう。

「ふうん、それじゃあ見せてよ」と幼なじみで学級委員の進藤美智子《しんどうみちこ》が言う。

「なんでぼくの進路をお前に教えなければならないんだよ」

「別にカオルの進路希望に興味はないけど、提出してないのはクラスではカオルだけ。学級委員として田中《たなか》先生の手間を省いてあげるため、事前にチェックしておきたいの」

ぼくがクシャクシャに丸めた紙を手渡すと、美智子はため息をついた。

「こんなことだろうと思ったわ。カオルは高校進学しないつもりなの？」

「そんなはず、ないだろ」

「じゃあなぜ、進路を書かないのよ」

「なぜって……」とぼくが口ごもると、美智子は視線を窓の外に向けて言う。

「そりゃ、あんな目に遭ったら進学する気がなくなっちゃう気持ちはわかるけど……」

わかっているんならそんなに問い詰めるなよ、と言い掛けたらカーブでバスが揺れ、美智子が寄りかかってきた。

長い髪が腕に触れ、いい匂いがした。

美智子はあわてて身体を戻すと、乱れた髪をかき上げてうつむいた。

「次は桜宮中学前、お降りの方はブザーでお知らせください」

ブザーを押すと、ピンポン、と音がして、バスは徐々に速度を落とした。


正門から大勢と一緒に校舎に向かって歩いていると、いきなり背中を叩《たた》かれた。

「よお、カオルちゃん、今朝も仲良く夫婦一緒に登校かよ。末永くお幸せにな」

3年B組の暴れん坊将軍、平沼雄介《ひらぬまゆうすけ》。いつもヘラヘラしているので、ぼくはヘラ沼と呼んでいる。

ぼくと美智子が一緒に登校するのを見かけると、いつもからかってくる。

「平沼君って毎日同じことばかり言って、よく飽きないわねえ。あたしは、カオルの面倒を見てほしいってカオルのパパに頼まれただけだって、いつも言ってるでしょ」

「でも、それって世話女房みたいなもんだろ」

「あのね、平沼君、あたしにも理想ってものがあるのよ。あたしの理想の人は、もっとしゃんとしていて、頼りがいのある人なのよ」

うん、知ってる。美智子はぼくの先輩の佐々木《ささき》さんに憧《あこが》れているんだ。

佐々木さんは東城《とうじょう》大学医学部に飛び級したスーパー高校生医学生でこの春、桜宮学園高等部を卒業し東城大学医学部の4年生に特別編入した。帰国子女の美智子のモロ好みだ。

「あんまりしつこいと、修学旅行の自由行動で平沼君の希望を却下するわよ。G班の班長はあたしなんだから」

「わあーったよ」と平沼がしぶしぶ言うと、美智子はぼくに言った。

「カオルも東京で行きたい場所を考えておいて。行動計画表の提出期限は明後日《あさって》よ」

へいへい、と生返事をした。

だいたい中3にもなって修学旅行が東京だなんてダサすぎる。

気の利いたヤツは、週末に原宿《はらじゅく》とかに行っているし、お隣の私立の桜宮学園は台湾だし。

でも実はぼくは秘《ひそ》かに東京の訪問先を考えていた。

今、言うつもりはなかったけど。

美智子は女の子の一団に駆け寄り、仲間に溶け込んだ。おいてけぼりをくらったぼくの隣を、本を片手にぶつぶつ呟《つぶや》きながら猫背の眼鏡少年が通り過ぎていく。

「よお、三田村《みたむら》博士。今朝も論文の勉強かい？」

背中をどん、と叩くと、一瞬ぼくを見た三田村は、手にした本に視線を落とす。

「気安く触らないでください。曾根崎《そねざき》君に関わるとロクなことがありません」

三田村はずり落ちそうになる黒縁眼鏡を手で押さえた。お祖父《じい》さんの代からの開業医の家に生まれたひとり息子は、医学部を目指すガリ勉だ。

ぼくは三田村の肩を抱いた。

「ツレないこと言うなよ。来週の修学旅行では、同じ自由行動G班なんだからさ」

「修学旅行なんて時間の無駄です。今の私には無駄な時間は1秒たりともありません。まして曾根崎君や平沼君と同じ班だなんて……」

「でもぼくたちと別の班だったら、もっと大変なことになってたぞ」

即座に否定しないところをみると、三田村も内心では同意しているようだ。

ガリ勉三田村と暴れん坊ヘラ沼の間には共通点はない。M88星雲のハイパーマン・バッカス一族と、M78星雲のシトロン星人のようなものだ。

いや待てよ、二つの種族が出会ってバッカス・サーガが始まったように、共通点はないけど接点はあるのか。

ぼく、美智子、三田村、ヘラ沼の4人は「チーム曾根崎」のメンバーだ。

「進藤さんがリーダーなら、大丈夫でしょう」と三田村が言う。

「だよな。三田村君も憧れの美智子と一緒なら満足なんだろ」

「ば、ば、バカな。い、いきなり、な、な、何を言うんですか……」

三田村が美智子の隠れファンだということを見抜いていたぼくは、にやにやする。

「まあ、いいや。とにかく今日の放課後は残れよ。修学旅行での行動計画を立てるんだからな。参加しないと三田村の希望はナッシングになるぞ」

「希望なんてないです」とぶつぶつ言い、三田村は黒縁の眼鏡をずりあげた。

ぼくのことをラッキーなシンデレラ・ボーイと思っている同級生は多い。

それは中1の時に、「全国統一潜在能力試験」で全国1位になり、飛び級で東城大学医学部に入ったからだ。

でもぼくはお医者さんになりたいなんて思っていなかったので、はた迷惑だった。

おまけにある事件のせいでそのあたりがうやむやになって、今は医学部に「自主参加」している形になっている。要するに、ぼくは宙ぶらりんのミノムシ状態だった。

教室に入って着席すると、美智子が近寄ってきて手を差し出した。

「曾根崎君、進路希望調査書を出してください。提出してないのはあなただけです」

「さっき見せただろ、白紙なんだよ」と小声で抗議すると、美智子は聞こえないフリをして、やっぱり小声で「いいからさっさと出しなさい」と言う。

ぼくがくしゃくしゃに丸めた紙を渡すと、美智子はその紙に勝手にさらさらと書き込んだ。

「こうしておけば波風は立たないわ。これが世渡りというものよ、カオル」

書き込まれた進路希望先は「東城大学医学部」だった。なるほど、と一瞬思ったけれど、中3の進路希望先が大学の医学部だなんて、普通なら突っ返されるだろう。

担任の田中先生が教室に入って来たので全員着席する。田中先生が今週の予定を説明した後、美智子がみんなの進路希望調査書の束を田中先生に手渡した。

「みなさん、期日通りですね。これを元に三者面談の日程を組みますから」

うげ、三者面談だって？「カオルちゃんは、どうして高校に進学したくないのかしらねえ」とシッターの山咲さんがおっとりと言い、「ほんとに不思議ですねえ」と、眉間《みけん》に皺《しわ》を寄せた田中先生と意気投合する光景が浮かぶ。

ふと、美智子はクラス全員の進路希望調査書を見ているんだな、と気がついた。

でも誰からも文句が出ないのは人徳だろう。田中先生がつけ加えるように言った。

「それと、修学旅行2日目の自由行動の計画表は、明後日までに提出してくださいね」

その時、コン、と頭に何かがぶつかった。足元に丸まった紙が落ちていた。

拾い上げると汚い字で「放課後、秘密基地で作戦会議」と書かれていた。

振り返ると、斜め後ろの席のヘラ沼が、にっと笑った。

休み時間になって、ヘラ沼の机の所に行って言う。

「あそこを最後に使ったのは小学校の頃だから3年以上も前だぞ。まだ使えるのかよ」

「大丈夫。爺《じい》ちゃんが机とソファを入れて昼寝場所にしてる。業務用の大型冷蔵庫もあるし、会議するにはバッチリだぜ」とヘラ沼は太鼓判を押した。

放課後。「塾がありますので」と言って渋る三田村に、ぼくは言う。

「打ち合わせに出れば、天下の帝華《ていか》大医学部の見学もできるかもしれないぞ」

「本当ですか？」と三田村の目がきらりと光る。美智子があわてて言う。

「たとえば、の話よ。今から4人の話し合いで決めるんだから」

すかさずヘラ沼が言う。

「国立科学博物館の見学は絶対譲れないぜ。東京に行くならあそこの深海館は見学してこい、と爺ちゃんに言われてるんだ。爺ちゃんの言うことは絶対なんだ」

「それは配慮する。あたしは原宿のお洋服屋さんとクレープ屋さんに行きたい。カオルは希望はある？」

「とにかくまずヘラ沼家の裏山の秘密基地へ行こう。話し合いはそれからだ」

ヘラ沼の家は桜宮水族館の近くで、海岸線に迫る岩山の麓《ふもと》にある製作所だ。桜宮中から徒歩20分。バス停からは遠く、ヘラ沼も徒歩通学なので当然歩きだ。

三田村は歩き始めて5分で、ぜいぜいへバっていた。

大きな門に「平沼深海科学技術研究所」という看板があり、その下に「平沼製作所」という、昔の木製看板も掲げられている。

ヘラ沼のお父さんは「平沼深海科学技術研究所」の所長で、昔NASAで研究していた。でも昔ながらの「平沼製作所」では、お爺さんがいまだに会長で、お父さんは社長だけどお爺さんのパシリみたいなもんだ、とヘラ沼が言っていた。

ヘラ沼のお爺さんとお父さんは「深海五千」という潜水艇を造って、桜宮湾の固有種ボンクラボヤとウスボンヤリボヤという新種のホヤを発見した。

桜宮水族館別館の深海館にそのホヤは展示され、平沼製作所の歴史も書かれている。小学校の遠足で桜宮水族館を見学し、みんなに説明をした時、ヘラ沼の不動の地位が確立したのだった。

深海館には、国が一億円を全国の市町村にばらまいた時に作った黄金地球儀があって、金運の神さまとして崇《あが》められている。昔、朝の情報番組にヘラ沼一家が出演したことがあったそうだ。でもなぜか平沼家ではその話はタブーになっているらしい。

平沼製作所の敷地内を通り抜けると、フォークリフトや小型バンが行き来している。

「おお、カオル殿と美智子嬢ぢゃないか。久しぶりだな。大きくなったなあ」

割れ鐘のような声が響き、目の前に、どんと立ちはだかったのはヘラ沼の爺ちゃん、平沼豪介《ごうすけ》会長だ。

「ご無沙汰《ぶさた》してます」と美智子がそつなく挨拶《あいさつ》を返す。

「美智子嬢の父上は、相変わらず日本と米国を行ったり来たりなのかね」

「父は最近、ほとんど日本にいて、母が困っています」

「それは何よりだ。カオル殿の父上は元気かね。フロリダのケネディ・スペースセンターでは愚息が世話になった。よろしく伝えてくれ。せっかくだから母屋に寄っていきなさい。君子《きみこ》さんにお菓子を用意させるから」

「爺ちゃんは口を出さないでくれよ。これから大切な話し合いをするんだから」

「ほ、それは邪魔して済まなかったな」

豪介爺ちゃんは、からからと笑いながら立ち去った。ヘラ沼は舌打ちをした。

「まあ、菓子はもらっとこう。カオルちゃんは2人を秘密基地に連れて行ってくれよ」

ぼくたちは平沼製作所の裏口から岩山に向かう。海岸線まで続く岩山は、太古の昔の白亜紀《はくあき》に、桜宮山が噴火して溶岩が流れ込んでできたと言われている。

美智子が鼻歌交じりで歩く後ろで、三田村は「まだですか?」と息を切らしている。

「あと少しだから頑張れよ」と言い、藪《やぶ》をかき分けて行くと、原っぱに出た。

背後の崖《がけ》から、細い滝がちょろちょろと流れている。隣には小さな洞穴がある。

滝壺《たきつぼ》の傍らの掘っ建て小屋が、ぼくとヘラ沼の秘密基地だ。

入口の扉の開け方のコツは、上を引っ張り下を押すとガタピシいいながら開く。

古い建物特有の匂いが流れ出す。本が乱雑に積み上げられ、業務用大型冷蔵庫がういんういんとうなり声を上げる。テーブルには大型のデスクトップ型パソコンが置かれている。

「うわ、マックの最新型だ」とぼくは驚きの声を上げる。

美智子は1人掛けのふかふかソファに、ぽすん、と座る。そこは隊長席だ、と言いかけたけど、美智子がボスみたいなものなので、ま、いっか、と思い直す。

ぼくは2人掛けのソファに座り、三田村は机の前の椅子にちょこんと座った。

ようやく息が整った三田村が訊《たず》ねた。

「平沼君と曾根崎君と進藤さんって、昔からの知り合いだったのですか」

「そうよ。平沼君のお父さんがNASAで仕事をしてた時、パパは平沼製作所の顧問だったの。あたしは小学校低学年の頃はアメリカの学校に通ってて、3年の時に桜宮小に転入してきた。平沼君もお父さんと2年間アメリカにいて同じ学校に通っていて、カオルのパパはアドバイザーとして時々NASAに来てた。帰国して桜宮小3年に編入したら、同じクラスにカオルと平沼君がいてびっくりしたわ」

美智子とヘラ沼がアメリカで同じ学校に通っていたとは、ぼくも初耳だった。

「アメリカでもヘラ沼と同じクラスだったのか？」

「ううん。平沼君は2学年、上のクラスだったの」

「ええ、マジか？　ヘラ沼って2こ年上だったのか」

そういえばヘラ沼が編入してきた時、先生たちもヘラ沼のことは知っていて、最初から我が物顔に振る舞っていたっけな。その後に美智子が編入してきた頃にはもう、ヘラ沼が転校生だということをみんな忘れていたけど。

「アメリカでは、平沼君は毎日テレビゲームばかりしてて、全然勉強しなかったから、帰国した時に平沼君のパパが、元の3年生からやり直させてほしいと学校に頼んだんですって」

「それで進藤さんは英語がペラペラなのに平沼君は全然ダメなんですね」

三田村が言った時、ガタピシいって扉が開き、ヘラ沼が、菓子入りの袋を抱えて、部屋に入ってきた。

「おい美智子、人がお菓子を調達している間に俺の悪口を言うなよ」

「今のは悪口ではなくて、事情説明です」と三田村が即座にフォローした。

「じゃあ早速、会議を始めようぜ」とヘラ沼が言って始まった会議は紛糾した。

みんなの希望が見事にバラバラだったからだ。

「ヘラ沼が国立科学博物館、三田村が帝華大医学部、美智子が原宿のクレープハウスか。みんなわかっているのか？　自由時間は正味8時間しかないんだぞ」

「カオルはどこか行きたい場所はないの？」

「3人で手一杯なのに、ぼくまで希望を言ったらまとまらなくなるだろ」

「カオルちゃんてば、悟ってるねえ」とヘラ沼が茶化す。

「もちろんぼくにも行きたい所はあるけど、今回は遠慮しようと思ってさ。この前の騒動で君たちが助けてくれたことに対する、ささやかな感謝の気持ちだよ」

3人は顔を見合わせた。いつもはぼくを茶化すヘラ沼も黙っている。

しまった、マジに言いすぎたかな、と思ってあわててつけ加える。

「それに先週みたいな大地震があったら、修学旅行自体がなくなる可能性もあるし」

「わかった。それならあたしもクレープ屋さんは撤回する。原宿なら一人で行けるし」

「そんなことを言ったら科学博物館だって同じだろ」

「それは違うわ。自由行動は後でレポート提出しなくちゃならないのよ。クレープ屋では感想は書けないけど、国立科学博物館なら書けるわ。帝華大医学部も、ね」

「げ、科学博物館に行ったら俺がレポートを書くのか。それなら俺も撤回する」

ヘラ沼に続いて、三田村は周囲を見回し、「それなら私も撤回します」と言う。

「何なのよ、あんたたち。それじゃあ、今度は行き先がなくなっちゃうわ」

美智子は腕を組んで、頬を膨らませる。ぼくは苦笑してヘラ沼に言う。

「それなら科学博物館のレポートはぼくが引き受けてやるよ」

「ほんとかよ、カオルちゃんてば、マジ天使だな。それならさっきの撤回は撤回だ。科学博物館には絶対に行くぞ」とヘラ沼はいきなり元気になる。

「帝華大のレポートは私が書きます。それも勉強ですから」と三田村も訂正する。

「じゃあ午前中は国立科学博物館に行って午後は帝華大医学部の見学だな。午後の分のレポートを三田村が書いてくれるなら、実はぼくも希望があるんだけど……」と、ぼくは言った。


秘密基地の外に出ると、陽が沈みかけていた。

岩山の上から流れ落ちてくる小さな滝から、細かい水滴が風に吹かれて舞い上がり、身体にまとわりついてくる。

美智子がかき上げたほつれ髪についた水滴が、夕陽に反射してキラキラと光った。

「カオルちゃんがあんなことを考えていたなんてビックリだぜ」とヘラ沼が言う。

「行き先が東京と聞いて、急に思いついたんだ。いきなり驚かせて悪かったな」

すると黒縁眼鏡を人差し指で持ち上げながら、三田村が言う。

「曾根崎君の立場なら当然です。何でしたら午後は帝華大医学部見学をやめて、みんなで曾根崎君の希望地に行くのでも構いませんけど」

医学オタクの三田村なら、それでもいいかもしれないんだろうな、と思いつつも、ぼくは首を横に振る。

「サンキュ。でもあれはプライベートな問題だから、修学旅行の団体行動にはそぐわないよ」

ぼくがそう言うと、三田村は「わかりました」と言ってあっさり引き下がる。

ヤツにしてみれば受験戦争の頂点に鎮座している帝華大学医学部は、なんとしても、一度は見ておきたい聖地なのだから当然だろう。

そんな話をしていると、秘密基地の側を流れる滝を眺めていたヘラ沼が、脇にある小さな洞穴を見ながら、ぽつんと言う。

「カオルちゃんよお、あんな洞穴、前からあったっけ？」

「そういえば、なかった気がするな」

「ああ、絶対なかった。もしあったら、俺たちは絶対に探検していただろ」

その言葉には説得力がある。この秘密基地も、そんな探検で見つけたものだったからだ。もっともこの基地は、実はヘラ沼の爺《じい》ちゃんが趣味で作った小屋だった、というのが後でわかったオチだったんだけど。

ヘラ沼は、目をキラキラさせて、ぼくを見た。

「『チーム曾根崎』で、今からこの洞穴を探検してみようぜ」

美智子がきっぱり言う。

「洞穴探検なんて危険なこと、絶対ダメよ。急にできた洞穴は、いつ崩れるかわからないもの。ひょっとして先週の地震で崩れたのかもしれないし。外国で少年野球チームの子どもたちが雨水で増水した洞穴に閉じ込められて大騒ぎになった事故もあったし。あんなことになったら大変よ」

「その時は爺ちゃんが発明した『ドロドロドリルン』をフォークリフトにつけて、地底探検車に改造して助けてもらえばいい」

「そんなドジを踏んだら、またサクラテレビに叩《たた》かれるわよ」

美智子が言うと、ヘラ沼はへらりと笑う。

「リリさんに会えるなら本望だよ。それにチーム曾根崎としての行動だから、矢面に立つのはカオルちゃんで、俺は表に出ることないからな」

リリさんというのはサクラテレビのニュース番組のレポーターだ。

以前の騒動で、ぼくは何回かお話ししたことがある。

ヘラ沼の提案は魅力的だった。目の前に突如出現した洞穴を探検したくなるのは、心酔する生物番組「ヤバいぜ、ダーウィン」、通称「ヤバダー」フリークなら当然だ。

「ヘラ沼の言う通り。目の前に洞穴があれば探検するのはチーム曾根崎の心意気だ」

ぼくが決然と言うと、美智子は肩をすくめた。

「まったくもう。仕方ないわね。それじゃあひとつ条件をつける。長いロープを入口に結んで、それを持って中に入り、探検する範囲はロープが届くところまで。これなら認めます」

「新藤さんの提案に大賛成です。世の中、安全第一ですから」

三田村が同意すると、ぼくとヘラ沼は顔を見合わせた。

チーム曾根崎としては不満があるが、今、集まっているのは、修学旅行の自由行動G班としてで、そのリーダーは美智子で、参謀役は三田村だ。

ぼくとヘラ沼は、ボスと参謀に従うしかない。

「だからガリ勉と学級委員は、秘密基地に呼びたくなかったんだよ」とヘラ沼はぶつぶつ言う。

ぼくは啞然《あぜん》としてヘラ沼を見た。

もう忘れたのか、秘密基地で会議をしようと提案したのはお前だぞ。

けれどもヘラ沼の眼は、まっすぐ洞穴に注がれて、ぼくの密《ひそ》かな抗議には気づいていなかった。

2章

4月11日（火）

限界の先に
冒険がある。

探検準備のため秘密基地の内部を探してみる。すると、さすが桜宮が誇る発明家、「平沼製作所」の会長の隠れ家だけあって、いろいろな工具が揃っていた。

工事用の黄色いロープのリールなんていう、今まさに必要なものも見つけた。50メートルのリールが二つで合わせて100メートル。これだけあれば今日のところは充分だろう。

ヘラ沼はロープを入口の岩に結びつけ、リールをからから回しながら洞穴に入っていく。ぼくはもうひとつのリールを持ってヘラ沼に続く。

後ろからスマホのライトを点《つ》けて美智子がついてくる。しんがりは三田村だ。

「足元に気をつけてね。地面が濡《ぬ》れているから滑りやすそう」

洞穴の中、美智子の忠告に、からからとリールの回る音が応《こた》える。

「あわわ」と、三田村が悲鳴を上げる。見上げると鍾乳洞《しょうにゅうどう》のつららがある。その先端から落ちた水滴が、首筋に当たったらしい。床からも逆さつららの石柱が生えている。

「天井から垂れたつららは鍾乳石《しょうにゅうせき》で、床から立ち上がっているのは石筍《せきじゅん》と呼ぶんだぜ。たぶん昔からあった鍾乳洞に、何かのはずみで地上への出口ができたんだな」

たぶん、先週の大地震のせいだな、と思ったけど、確証がないので口にはしない。

「詳しいのね、平沼君」と美智子が感心して言う。

「爺ちゃんに探検の基礎知識を叩き込まれたんだ。海底洞窟《どうくつ》探検のシミュレーション訓練をしたこともあるんだぜ」

「それってあのテレビゲームみたいなヤツだろ」とぼく。

「昔、一緒にやったよな。カオルちゃんには一度も負けなかったけど」

イヤなことを思い出した。しばらくして、先頭のヘラ沼が立ち止まる。

「俺のロープはここまでだ。ここからはカオルちゃんが先頭に立てよ」

もう50メートルも進んだのか、と思いながらぼくは、ヘラ沼のリールにぼくのロープの始まり部分を結びつける。美智子がスマホを見て言う。

「このあたりは圏外だわ。そろそろ引き返さない？」

「何言ってんだよ。ここからが本番だ。心配なら、ここで引き返してもいいぞ」

美智子はむっとした声で言う。

「あたしなら大丈夫。ただ、そろそろ引き返し時かな、と思っただけよ」

その言葉を聞いて、三田村が心細そうな声で言う。

「進藤さんが行くなら、私もあと少しだけ、お付き合いします」

その時、美智子のスマホのライトが消えて、あたりは真っ暗になる。

三田村が「あわわ」とまた声を上げたので、ぼくは「落ち着け、三田村」と言って、スマホのライトを点けた。

たちまちあたりは明るくなったが、一瞬の暗闇は、不安を呼び起こした。

「ロープを伝って戻れば心配ない。ここまでは一本道だし」とぼくが言った途端、洞穴の行く手がふた手に分かれた。

「さて、どっちに行こうか、カオルちゃん」とヘラ沼が後ろから言う。

ぼくが決めるのかよ、と思ったけど、どっちを選んでも大差ないので左を選ぶ。

しばらく進むと、足元にちょろちょろと細い水流ができている。

ぼくのリールになって半分の25メートル地点で、ぽっかりと小空間に出た。

うっすら明るい。見ると岩肌が光っている。ヒカリゴケがびっしり生えているけど、光がじわじわ動いている。ツチボタルのような生き物が動いているようだ。

耳を澄ますと、洞穴の奥の方からかすかな音が聞こえてくる。

波の音？

手にしたスマホでマップを見ようとしたら圏外で、コンパスはくるくる回って方向が決まらない。磁場が狂っているようだ。

「キリがいいから今日はここで引き返そうか」とぼくはロープのリールを置いた。

三田村と美智子が同時にほっと、小さく息をつく。2人は無理をしていたようだ。

ヘラ沼は何か言いたげだったが、結局、ぼくの提案に従った。

ヘラ沼も怖くなり始めていたのかな。でもそんなことを言ったら、意地っ張りだからムキになって「もう少し進もう」と言い出しかねないので、黙っていた。

水たまりの水をヘラ沼が手でなめ、「しょっぺえ。塩水だ」と言って吐き出した。

・口に含むと確かに塩水だ。おまけに水たまりの水面は微《かす》かに上下に揺れている。

この先は海につながっているのかもしれない。そう思いながら周囲を見回したぼくは、泉から少し離れた場所に奇妙なものをみつけた。

白くて大きくて丸いもの。表面は鍾乳洞の岩みたいにつるんとしている。

身長1メートル60センチのぼくよりも、少し小さい。

ぼくの視線に気がついた美智子が、「たまごみたい」と言う。

「こんなでかいたまご、見たことないぞ」とヘラ沼が言う。

「世界一大きいのはダチョウのたまごで長さ15センチ、重さは1・5キロ。ウィキによれば17世紀に絶滅したエピオルニスという鳥はその2倍で長さ30センチ、重さ10キロあったそうです。これは150センチくらいありますから、『たまご』なら世界一の大きさで、世紀の大発見です」と言った三田村の声は興奮で震えている。

ヘラ沼は拳《こぶし》で、こん、こん、と「たまご」の表面を叩《たた》いて言う。

「たまごというよりは、石ころみたいだけどな」

美智子は抱きついて頬擦りしながら、「すべすべして気持ちいい」と言う。

次の瞬間、「たまご」が、ぼう、と白く光り、それから光は緑色に変わった。

岩肌にびっしり生えていたヒカリゴケが、それに呼応して明滅する。

驚いた美智子が身体を離すと「たまご」は2度、緑色の光を放って元に戻った。

あたりはまた、ヒカリゴケと夜光虫の微かな光に包まれた。三田村が震え声で言う。

「な、な、何なんですか、今のは」

「知るか。たった今、発見したばかりなんだ。俺にわかるわけがないだろう」

ヘラ沼はそう言いながら、「たまご」を抱きしめた。今度は「たまご」は白く光った後で赤く光る。ヘラ沼が身体を離すと、やはり2度、赤く光って消えた。

ヘラ沼と美智子はぼくを見た。何を言いたいか、わかる。

ぼくが抱きつくと「たまご」は白く光って、次に黄色い光を放った。身体を離すと2度、黄色く光って消えた。三田村は眼鏡をずりあげながら後ずさる。

「私は絶対やりませんよ」

ヘラ沼がどん、と三田村の肩を叩く。そして、ぼくがとどめのひと言を放つ。

「それじゃあ明日《あした》からこのチームの名前は平沼・曾根崎探検隊に……」

すると三田村は恨めしそうに、上目遣いでぼくを見た。

「わかりましたよ。やればいいんでしょう、やれば」

三田村はへっぴり腰で「たまご」に近づくと、ちょん、と指先で触る。それから観念したように目をつむり、「えい」と言って「たまご」に抱きついた。

「たまご」は白く光った後で、ぼう、と青い光を放ち、2度光って消えた。

三田村は「あわわ」と言ったけれど、自分で口を押さえて黙り込む。

「どうしてみんな色が違うのかなあ」と美智子が言った。

それは誰もが思った疑問だけど、もちろん誰も答えられない。

「みんな一緒に抱きついたら、何色に光るんだろう」とぼくが思いついて言う。

ぼくたち4人が「たまご」に一斉に抱きつくと、「たまご」は再び白く光りそれから緑、赤、黄、青と順に光り始めた。

三田村が、びしょびしょの地面に尻餅《しりもち》をついて悲鳴を上げた。そして立ち上がると出口へ向かって一目散に駆け出した。

他の3人もつられて駆け出すと背後から「たまご」の光が追いかけてくる。

「たまご」はクリスマスのイルミネーションのように、4色に色変わりして光った。

洞穴の出口までは遠くなかった。30分掛けて入ったのを5分で駆け戻った感じだ。

息を切らした三田村のびしょびしょのズボンを見て、ヘラ沼はにやにや笑う。

「三田村、おもらししたのか」

「違います。転んだ時に地面が濡れていただけです」

「冗談だよ。でも三田村って逃げ足はすげえ速いんだな。見直したよ」

ヘラ沼にからかい半分に褒められ、三田村は憮然《ぶぜん》とする。

「これからどうするの」と美智子は冷静だ。

「様子を見よう。でももうじき日が暮れるから、今日は帰るしかないな」とぼく。

「それなら『たまご』は明日の朝、俺が見に行くよ」とヘラ沼が言う。

「ひとりで大丈夫、平沼君?」

「どうせ誰かが確かめないといけないなら、家が近い俺の役目じゃん」

ふと気づくと、他の2人がぼくを見つめている。

「なんだよ、その目は」

「チームのリーダーはカオルでしょ。部下に任せきりでいいの?」と美智子が言う。

違うだろ、自由行動G班のボスは美智子だ。でもぼくは諦《あきら》めてうつむいた。

「わかった。ぼくも明日の朝、ヘラ沼と一緒に行くよ」

その晩、ぼくは、今日の出来事をパパにメールするべきかどうか、迷っていた。

直感的にはメールしておいた方がいい、と思った。前回もパパの助けがなければ、どうなってしまったか、わからなかった。

今回はあれと同じくらい、いや、ひょっとしたらもっと大変なことになりそうな予感がした。でも、ぼくの中にいる、負けず嫌いなぼくが強い口調でたしなめる。

——カオル、いつまでもパパにおんぶにだっこのままでいいのかよ。

自問自答だと自分で自分の痛いところがわかっているので、容赦ない攻撃になる。

こうした問答は不毛だ。ぼくは熟慮の末、次のメールを書いて送信した。


✉カオル→パパへ。またしても世紀の大発見をしてしまいそうです。でも、とりあえず自分でなんとかしてみようと思います。今後の報告をご期待ください。

メールを送信した時、ぼくは自分がちょっぴり大人になった気がした。

∴

翌朝6時。パパのメールの未着を確認して、ぼくは家を飛び出した。

シッターの山咲さんは目を丸くしている。

いつものぼくは、何度起こしてもなかなか起きず、ギリギリまでベッドで丸まっている上に、どんなに遅刻しそうになっても朝ご飯だけは必ず食べていたからだ。

風が気持ちいい。ぼくは軽い足取りで秘密基地に向かう。

平沼の家まで急ぎ足で30分。秘密基地で待っていたヘラ沼は、腕時計を見て言う。

「約束の5分前に到着とは、遅刻魔のカオルちゃんにしては上出来だ」

スポーツドリンクのペットボトルを放り投げた。冷えたボトルは結露で濡《ぬ》れている。

「サンキュ」といって服の袖《そで》でボトルを拭《ぬぐ》い蓋《ふた》を開け、ぐい、と一口飲んだ。

「いざ出陣だ」とヘラ沼が号令を掛けた。

ヘラ沼は作業用のでっかい懐中電灯とデジカメを持っていた。

さすが世界に冠たる平沼製作所の御曹司《おんぞうし》だけあるなと思い、御曹司という言葉は、全然コイツには似合わないな、と同時に思う。

洞穴の入口に張った黄色いロープを伝い、足元を流れる水を避けつつ奥へ進む。昨日はすごく時間がかかったけど、今日はたった10分で着いた。洞穴にはまだ先があり、枝分かれもしているから相当深そうだ。

昨日残したロープのリールの終点の脇に「たまご」があった。

ヘラ沼はデジカメを取り出し、ぱしゃぱしゃと撮影し始める。

「カオルちゃん、『たまご』の側に立てよ。後で正確な大きさがわかるからな」

ものさし代わりか、と思いつつ、「たまご」の傍らに立つとヘラ沼が写真を撮った。

「カオルちゃん、次は『たまご』に抱きついてみよう」と追加命令が出た。

昨日の黄色い光を発した様子を撮影しようというわけか。医学研究の基本だ。

実はコイツってすごく優秀なのかも、と思いつつ、「たまご」に抱きついた。

両腕で抱えたたまごは、ひんやりしてすべすべだったけど、今回は光らなかった。

ヘラ沼はぼくにデジカメを渡し、「たまご」に抱きついた。やっぱり光らない。

「昨日、写真を撮り忘れたのは不覚だったぜ。ま、仕方ないか」

「証拠写真も撮ったから、そろそろ引き揚げようよ」

ぼくの言葉に、ヘラ沼が顔を上げた。その目はキラキラ光っている。

あ、なんかヤな予感。

これって、ヤツが悪巧みを思いついたときの、いつもの表情だ。

「カオルちゃん、今日は本来の秘密基地メンバーで本物の探検をしようぜ」

「本物の探検、と言いますと？」

「このロープを伸ばしきった、終点まで探検するってことさ」

ええ？　と一瞬躊躇《ちゅうちょ》したぼくにヘラ沼が言う。

「カオルちゃんは、昔の俺たちのモットーを忘れたのか？」

「覚えてるさ。『限界の先に冒険が待っている』だろ」

その言葉を口にしたら、断れない。ぼく自身、その提案に乗り気になっていた。

この先は海につながっているかもしれない。

それを確かめたいし、ロープの残りは25メートルなので、それくらいなら大丈夫。

ヘラ沼がリールを持ち洞穴の奥に向かって歩き出す。ぼくはスマホのライトを点け、ヘラ沼の足元を照らしながら、後からついていく。

洞穴は次第に下り坂になっていく。そしてロープが終わる1メートル手前に張られた赤い印が出てきた時、ヘラ沼は立ち止まった。

「やっぱり」とぼくは呟《つぶや》く。

洞穴の行き止まりは地底湖になっていた。水面が規則正しく上下に揺れている。水をひと口、含むとしょっぱい。やっぱりこの洞穴は海につながっているんだ。

耳を澄ますと潮騒《しおさい》が聞こえた。ぼくとヘラ沼はここで引き返した。

この「たまご」は海から運ばれてきたのかもしれないと、ぼくは思った。


朝飯を食べていけよ、とヘラ沼に言われ、最初は遠慮したけど、大冒険の後で、すごくお腹が空《す》いていることに気がついて、素直に申し出を受けることにした。

平沼家のダイニングは、馴染《なじ》み深い場所だ。秘密基地ごっこをしていた頃はよくご飯やおやつをご馳走《ちそう》になったからだ。

「カオル君がウチに来たのは久しぶりだね」とヘラ沼のパパの平介小父《へいすけおじ》さんが言う。

「ほんとよ。もっとご飯もたくさん食べて」とママの君子小母《おば》さんも勧めてくれる。

「遠慮なくいただきます。朝から焼肉なんて豪勢ですね」と言って肉にかぶりつくと、平介小父さんが言う。

「朝食に肉を食べれば、タンパク質消化酵素のトリプシンが分泌されて頭がしゃきっとする。渡米して到着直後に分厚いステーキを食べれば、トリプシン・ショックで、時差ぼけは吹き飛ぶんだよ」

だからヘラ沼は朝っぱらから鬱陶《うっとう》しいくらい絶好調なのか、と妙に納得する。

「NASAで研究するなんて凄《すご》いですね」と言うと、平介小父さんは呆《あき》れ顔で言う。

「カオル君のパパは米国の大学の教授だから、私なんかよりずっと凄い人なんだよ」

「ゲーム理論の研究をしていることは知ってますけど、それってテレビゲームのでっかい版みたいなもので、ちっとも凄いとは思えないです」

「それは違う。実学は技術があれば互角に渡り合えるが、カオル君のパパは純粋理論、つまり頭脳で勝負しているんだ。私がNASAで研究できたのは、アメリカ社会に根を張っていた君のパパが、いろいろ手ほどきをしてくれたおかげなんだ」

正直、ヘラ沼のお父さんの方が凄く思えるのは、大好きな生物番組「ヤバいぜ、ダーウィン」、通称「ヤバダー」で「深海五千」に乗って颯爽《さっそう》と登場したからだ。

ボンクラボヤとウスボンヤリボヤの発見者として、桜宮水族館の深海館にプレートもある。

ぼくのパパはノーベル賞候補者として新聞に取り上げられた時、顔出しは断った。

「賞なんて昔やったことの抜け殻に与えられるものだから、全く興味がないんだよ」

そこまで言い切るなんて、変わり者なことは間違いないだろう。

両手を合わせて「ごちそうさま」と言うと、君子小母さんが言う。

「デザートはケーキと果物、どっちがいい？　それとも両方？」

「もうお腹いっぱいで食べられません」とぼくはお腹をぽんぽん、と叩《たた》く。

「それなら俺がもらっとく」とヘラ沼が言う。ぼくの2倍はご飯を食べた後でケーキを2個たいらげるヘラ沼の食欲を、ぼくは半ば呆れ、半ば感心して眺めた。


学校にデジカメを持ってきてはいけないという規則を、ヘラ沼は気にしない。

「スマホがOKならデジカメもいいだろ。この写真を三田村に渡して、観察日記をつけさせるんだ」

ぼくとヘラ沼が教室に入ると、美智子と三田村が寄ってきた。

「あたしたちの『たまご』、どうなってた？」

「昨日と変わらず、あのまんまだったよ」とぼくは手短に報告した。

「でも今朝は抱きついても光らなかったんだぜ」と言って、ヘラ沼はデジカメ写真を見せた。黒縁の眼鏡をずりあげた三田村は、上目遣いに写真を見た。

「曾根崎君の身長は1メートル60センチですから、『たまご』は1メートル50センチ前後ですね。夕方、巻き尺で全長、幅、そして外周の長さを正確に測りましょう」

「三田村は塾があるだろ」と言うと、三田村はじろりとぼくを睨《にら》んだ。

「何を言っているんです。これは世紀の大発見、『ネイチャー』ものですよ」

「でも『たまご』だと、人間じゃないわけだから、医学とは無関係だろ」

「やれやれ、です。1年以上も東城大医学部に通いながら、『ネイチャー』に対してその程度の認識しかないとは呆れます。『ネイチャー』には医学系の論文だけではなく、生物系や鉱物系などあらゆる科学分野の論文が掲載されるんですよ」

「へえ、そうなんだ」と投げ遣りに呟く。

去年の騒動のせいで「ネイチャー」という単語は、ぼくのトラウマになっている。

今でも、ぼくが雑誌の表題を「ナ・ツ・レ」とローマ字読みした時、ツンドラ氷河みたいな冷ややかな視線でぼくを見たフクロウ魔神・藤田《ふじた》教授の表情が蘇《よみがえ》る。

「どうせなら『サイエンス』にしようぜ」

「ダメです。『ネイチャー』にリベンジしたいです」と三田村はきっぱり言い切る。

「今も毎日のように新種が発見されていますが、深海魚とかアマゾンやボルネオの昆虫の類《たぐ》いで大型動物の新種発見は珍しく、インパクトがあります。しかもこれまで知られた中でも最大級の『たまご』ですから、確実に『ネイチャー』ものです」

「でも生き物かどうか、わからないじゃない」と美智子が冷静に言う。

「生物に決まっています。昨日、光ったじゃないですか」

「じゃあ今朝は光らなかったということは、死んじまったかな」とヘラ沼が言う。

「生命反応については、私が放課後、この目で直接確かめます」

「みんな、放課後にあそこに集合するわけね。それなら修学旅行の行動計画はあたしに一任してもらってもいいかな?」と美智子が言う。

「意義なし」と、3人の男子はうなずいた。


ぼくたち4人は、放課後のチャイムが鳴ると同時に教室を飛び出した。

驚いたことに先頭を切って早足で歩くのは三田村だ。

「三田村クンよお、そんなに飛ばすとバテるぜ」

「そんな悠長なことは言っていられません。こうしている間に『たまご』が孵化《ふか》してたら、世紀の瞬間を見逃してしまいます」

「そりゃそうなんだろうけど」と、ヘラ沼も三田村の勢いにタジタジだ。

でも、10分もすると膝《ひざ》に手を突き、前屈《まえかが》みでぜいぜいいう三田村クンであった。

秘密基地でひと休みしてから行こう、と冷静な提案をしたのは美智子だった。

「洞穴に入ってお腹が空いたり、喉《のど》が渇いたりしたら却《かえ》って時間の無駄でしょ」

さすが、すちゃらか3人組の男子を仕切っているボスだ。

秘密基地の机の上には、お菓子を山盛りにしたお盆が置かれていた。

ぼくたちはおせんべいを食べ、冷蔵庫のスポーツドリンクを飲んだ。

そして、飲みかけのペットボトルを持って、秘密基地を飛び出した。


三田村はへっぴり腰だけど怖がらず、先頭のヘラ沼の横を歩く。美智子は鼻歌を歌い、あちこちをスマホのライトで照らしながら続く。ぼくはそんな彼らの様子を見ながら、しんがりを務めた。3度目なので気持ちはラクチンだ。

ゴールにたどり着くと、「たまご」は、今朝のまんまだ。当たり前だけど。

三田村は巻き尺を取り出し、「たまご」の大きさを測り始めた。

「全長1メートル48センチ、最大径1メートル21センチ。最大幅50センチです」

三田村が読み上げた数字を、美智子がスマホでメモする。

拳《こぶし》でこん、こん、と「たまご」を叩きながら、三田村が言う。

「中身は均質のようです。孵化はまだ先ですね」

「そんなんでわかるのかよ」とヘラ沼。

「白身は均質な溶液で、ひよこになればムラができ、響き方も変わるんです」

ヘラ沼も真似をして、こん、こん、と「たまご」を叩く。

その時、「たまご」が白く輝いた。ぼくたち4人は息を呑《の》む。

白い光は強くなり、弱くなり点滅する。洞穴内が明るく照らされる。

強い光の中、「たまご」の殻が透き通っていき、中にうっすら影が浮かび上がる。

頭を下にし、身体を丸めた姿……。

光は徐々に弱まっていき、洞穴は元のように薄暗くなった。

「赤ちゃん？」と言った美智子の声が、ぽつりと洞穴に響いた。

「平沼君、今のは写真に撮りましたか？」

「いっけねえ、忘れてた」

がっかりした顔をした三田村だが、すぐに冷静な声で言う。

「仕方ないです。写真どころじゃなかったですから」

「今の、赤ちゃんだったんじゃない？」と美智子が言うと三田村がうなずく。

「確かに胎児に似てましたが、それはおかしな話です。ヒトはお母さんの体内で育つ胎生で、卵生ではありませんから」

「確かに『たまご』から生まれた人間なんて聞いたことないな」とヘラ沼が言う。

「すると新種生物かな？　人間にそっくりだったけど」

「それは絶対ありえないです。人類の類縁種の猿の仲間も胎生ですし、そもそも卵生なら哺乳《ほにゅう》類ではないということになります」

「いや、哺乳類でもカモノハシは卵生だぞ」と即座に鋭くツッコんだのはヘラ沼だ。コイツはぼくと並ぶ「ヤバいぜ、ダーウィン」、通称「ヤバダー」愛好家だ。なので、フリークとして先を越されたのが、単純に悔しい。

「いずれにしても新種です。こうなったら曾根崎君に、この『たまご』について、東城大学医学部との研究協力をお願いしましょう」

唐突な提案に、えっ、と絶句する。確かに三田村の判断は妥当だ。でも……。

「あんなにコケにされた東城大学医学部と一緒に研究するなんて、カオルちゃんは御免だろ」

意外にも、ヘラ沼がぼくの気持ちを代弁してくれた。

「ヒトじゃないのに、医学部で対応できるのかなあ」

ぼくは消極的な気分に理屈づけをする。すると、三田村は即答する。

「それは問題ありません。医学実験には他の動物も使いますが、ヒトに似た動物の研究をするのは、医学の基本中の基本ですから」

コイツはぼく以上に医学部について理解しているようだ。美智子が言った。

「ちょっと待って。あたしたちの子どもを研究材料にするのは、あたしは反対よ」

「あたしたちの、子ども？」と3人の男子の声が合わさった。

「この子を見つけたのはあたしたちだから、ママやパパになるでしょ」

ぼくたちは、美智子と「たまご」を交互に見た。それからしばらく「たまご」を眺めていたけれど何も変化しなかったので、とりあえずその場を立ち去った。

秘密基地に戻ったぼくたちは、各々考え込んでいた。

気がつくと他の3人はぼくを見つめている。そりゃそうだろう。

他に手がないことは、ぼくにだってわかる。ぼくは口を開いた。

「とりあえず1日1回見に来よう。自由行動G班改め『たまご』見守り隊だ。でも4人揃って来るのはムダだから当番制にしよう。美智子は女の子だから除外して……」

ぼくの言葉を、美智子がむっとした口調で遮る。

「勝手に決めないで。あたしはあんたたちより、しっかりしてると思うんですけど」

「そうだけど、何かあったら男子の面子《メンツ》が丸潰《まるつぶ》れだ。でもお母さんとしてどうしても見守り隊に参加したいなら、必ず誰かと一緒に洞穴に入るということにしよう」

不服そうな顔をした美智子だったけど、しぶしぶ同意する。

「俺は家が近いから、お前たちの2倍、やるよ」とヘラ沼が言う。

そんな風に、ヘラ沼が自発的に申し出てくれたのは、とてもありがたい。

「助かるよ、ヘラ沼。三田村、お前はやるか？」

「当然、やります。塾の勉強が遅れた分は、後で取り返せばいいだけです」

三田村はきっぱり言い切る。これまで、塾があるから学校行事を避け続けてきた三田村にしては驚きだ。去年の騒動で三田村が一皮剥《む》けたのは確かなようだ。

「じゃあ月曜はヘラ沼、火曜はぼく、水曜はヘラ沼、木曜は三田村と美智子、金曜はヘラ沼、土曜はぼく、日曜日は全員で見守り隊をするという分担でどうかな」

「俺は2倍やるとは言ったけど、月、水、金、日の4回だと4倍じゃないか」

ヘラ沼の抗議に、ぼくは答える。

「それは計算の仕方が違う。ぼくは火曜と土曜と日曜の週3、三田村と美智子は木曜と日曜の週2回だからヘラ沼の週4回はちょうど2倍だろ」

右手と左手の指を折って数えたヘラ沼は、どうも解せないという顔をした。

ぼくは、意を決して言った。

「東城大学医学部への相談は前向きに検討してみる。とりあえず明日《あした》は東城大への登校日だし、今の『神経制御解剖学教室』の草加《くさか》教授はいい人だからお願いできるかも。前の『総合解剖学教室』の藤田教授は、絶対にお断りだけどね」

そう言ったぼくは、実はその時、ある秘策を思いついていたのだった。

3章

4月13日（木）

一度起こってしまったことは、
なかったことにはならない。

翌日。木曜は週に一度、東城大学医学部に登校する日だ。

家から東城大学医学部まで徒歩30分、バスなら20分だ。毎日（ただし木曜以外）通学している桜宮中と同じくらいの距離だけど、方角は反対だ。

ぼくのマンション「メゾン・ド・マドンナ」は、桜宮中と東城大学医学部付属病院のちょうど中間にある。

桜宮市民は東城大学医学部を「お山の病院」とか「お山の大学」と呼んでいる。「お山」の正式名称は桜宮丘陵という小高い丘だから、「山」ではないんだけど。

「大学病院行き」のバスは赤い車体で、最後の5分は小高い丘を上っていく。

終点の停留所が「東城大学医学部付属病院」だ。

バスを降り、正面のツインタワーを見上げた。東城大学医学部付属病院新棟は白い塔で、隣に寄り添っている灰色の古い塔は旧病院棟で、ちょっと前はホスピス病棟、今はコロナ病棟になっている。

病院前で左に折れて、土手の小径《こみち》を歩く。そこはさくら並木で、春は花見の名所だけど、今年のさくらはいつもより早く、3月の終わりにはもう散っていた。

土手の道の果てにくすんだ赤の、5階建ての低層の建物が見えてくる。上空からドローンで撮影すれば正方形だとわかる。そこがぼくが週1回通う赤煉瓦《あかれんが》棟だ。その手前で白と灰色のツインタワーを振り返ると、左にオレンジ色のシャーベットみたいな建物が見える。「オレンジ新棟」と呼ばれる小児科病棟だ。

昔は1階は救急センターで、2階は小児科病棟だった。大学病院が潰《つぶ》れそうになった後で復活した時、救急センターは復活しなかった。今は、コロナ患者の重症病棟になっている。去年、銃撃された安保《あぼ》元首相が救急で運び込まれて大騒ぎになった。

赤煉瓦棟のエレベーターは、すごく遅いだけじゃなくて、扉が閉まる瞬間に灯《あか》りが落ちるという欠陥がある。

3階でエレベーターを降りると、『神経制御解剖学教室』のプレートが見えた。扉を開けると5人の白衣の人とツメ襟の学ラン姿の人がひとり、椅子に座っていた。

「またギリギリか。『ソネイチャン』はいい度胸してるな」

朝のカンファレンスの議長役で、講師の赤木《あかぎ》先生のお約束のツッコミだ。

「ソネイチャン」は、「ソネザキちゃん」と「ネイチャー」を合体させた渾名《あだな》だ。といってもそんな呼び方をするのは赤木先生だけなんだけど。

「すみません、バスが遅れて」とお約束の言い訳をして、学ランの人の隣に座る。右目が冷たく光る。ぼくの先輩、佐々木さんだ。

視線が冷ややかな理由はわかっていても、つい身を縮めてしまう。

9時ジャスト。部屋の扉が開いて白髭《しらひげ》の仙人みたいなお爺《じい》さんが入ってきた。この教室の指導者の草加教授だ。赤木先生が「起立、礼」と号令を掛ける。みんなが立ち上がりお辞儀をする。赤木先生が「着席」と言うと、みんな座った。

草加教授が言う。

「今日は曾根崎君の登校日だね。では飯田《いいだ》君から、昨日の実験結果を報告しなさい」

白衣姿の先生がみんなに、組織写真と日付が書かれている紙を配った。

「先日、電顕薄切標本で大脳皮質の神経細胞間で間隙《かんげき》の狭窄《きょうさく》化が確認できたと報告しましたが、その後10枚ほど標本を追加作製してみたものの、再確認できていません」

「そうか、残念だが、あわててはいけない。科学的な真理というものはデリケートで、辛抱強く、謙虚に待ち続けなければ、手に入れられないものだからね」

その言葉を聞いたぼくは、涙が出そうになる。あの時の指導教官が草加教授だったら、桃倉《ももくら》さんは今もここにいられただろう。続いて、南の島のモアイ像みたいに背の高い赤木先生が滔々《とうとう》と話す様子を眺めながら、ぼくは半年前のことを思い出していた。

∴

中学生のぼくが医学部に通っているのは、中1の時「全国統一潜在能力試験」で全国1位になって、飛び級で東城大学医学部に入学したためだ。ぼくが日本一になれたのは、問題の作成者がパパだったからだ。

文部科学省の小原《おはら》さんという女性キャリアに、全国平均を30点になるような問題を作ってほしいという、ヘンテコな依頼を受けたパパは、ぼくを実験台にして問題を作成したので、ぼくはその問題を事前に隅々まで知り尽くしていたわけだ。

こうして東城大学医学部に飛び級したぼくは、研究を始めた途端、世紀の大発見をして脚光を浴び、テレビ番組にも出演した。

でも世の中、そんなに甘くない。その大発見は実は大間違いで、ぼくは研究結果をでっち上げたトンデモ中学生として有名になり、大変な目に遭った。

神かけて言うけど、それはぼくが悪いのではなく、指導教官の藤田教授のせいだ。

その時パパに、責任は取るべきだと言われ、自分なりに責任を取った（と思う）。

その時にこの世の中、何が起こっても、ちゃんとやっていれば必ず見てくれている人がいるということも知った。

でも一度起こってしまったことは、なかったことにはならない。

その事件のせいで、ぼくの医学部への飛び級は、うやむやにされてしまった。でも医学部の偉い人たちは、ぼくを放り出すのは教育上よろしくないと考えたらしい。

それまで火曜と木曜の週2回、東城大学医学部に通っていた中学生医学生のぼくは、事件後には木曜に週1回通う研究協力員という宙ぶらりんの身分にされた。

正直、医学部はもうこりごりだったけど、飛び級中学生医学生という偉そうな身分でなくなると、医学部通学は結構楽しかった。

みんな気を遣ってくれ、どの教室も自由に出入りさせてくれた。もちろんひどい目に遭った『総合解剖学教室』からは遠ざかったけれど。

事件後、藤田教授は少しヘコんだように見えたけど、半年経った今は、なにごともなかったような顔で校内をのし歩いている。

たまに、廊下でぼくとすれ違うと、ぷい、と顔を背ける。

そんなぼくをスカウトしてくれたのが、ライバル教室の『神経制御解剖学教室』の赤木講師、つまり今プレゼンをしている先生だ。

赤木先生は、ぼくの指導教官だった桃倉さんのお友だちで、一連の問題の責任を取って東城大を去った桃倉さんに代わって、ぼくのお守り役を買って出てくれた。

論文捏造《ねつぞう》事件でミソをつけた3人組をさっさと追い出したいと思った藤田教授は、渡りに船とばかりに佐々木さんも、ぼくと一緒に移籍させてしまった。

ぼくは隣の佐々木さんに小声で「相談したいことがあるんですけど」と言う。

ところが今日に限って赤木先生の報告は長く、おまけに突然、草加教授が「曾根崎君、今の赤木君の報告、理解できたかい？」と訊《たず》ねてきた。

そんな風に話を振られたのは初めてなので、少し緊張しながら首を横に振る。

「そうか。赤木君には常々、一般人にわかるように報告しなさいと言ってきたが、まだ、よくわかっていないようだね。カンファレンスが終わったら、曾根崎君に自分の研究について説明し、今の実験がどういう意味をもつのか、教えてあげなさい。2時間後に私が曾根崎君の理解度を確認する。というわけで今朝のカンファレンスはこれで終了。解散して各自、実験に勤《いそ》しんでください」

ミーティングが解散してみんなが姿を消すと、部屋に残った赤木先生は激怒した。

「このクソ忙しい時になぜ、遊び半分の中学生のボンボンに、俺の壮大な実験について理解させなくちゃならないんだ。草加教授は道楽がすぎるぜ」

その怒り、ごもっとも。赤木先生がやっている高度な実験内容を、中学生のぼくに理解させようとする草加先生の方がおかしいと思う。すると佐々木さんが言う。

「赤木先生、そんなに怒らないでください。週に1日、遊び半分でやってくる中坊が先生の高度な研究を理解できないのは当たり前ですけど、一緒に実験している俺にも理解できない部分があります。いい機会なので、俺たち素人コンビのために、基礎の基礎から説明してもらえるとありがたいです」

激怒の大噴火をしていた赤木先生は、急に冷静になる。

「スチャラカ中坊ではなく、有能な実験パートナーのストッパー佐々木のためなら説明する甲斐《かい》もあるな」と赤木先生は、ペンを片手にホワイトボードの前に立つ。

「俺の研究課題は『NCCにおける代替刺激置換現象について』。ここでソネイチャンに何がわからないかと聞いてみると……」

「全部わかりません」とぼくは即答する。

「ま、そうだろうな。ではまずは『NCC』という単語について説明しよう。これは『ニューラル・コリレイテス・オブ・コンシャスネス』、つまり『神経意識連関』ということを意味する学術用語だ。これはわかるよな？」

ぼくはふるふる首を横に振る。赤木先生はびっくりしたように目を見開いた。

「これもわからない？　神経意識連関は、つまり神経と意識の連関ということなんだ」

「ああ、それならわかります」

「なぜ今度のはわかるんだ？　単語の間に助詞をいれただけなんだぞ」

確かにそうなんだろうけど、「神経意識連関」は「シンケイイシキレンカン」という、長たらしい名前の新種の生物や新発売の食べ物みたいに聞こえる。

でも「神経と・意識の・連関」と区切ってもらえば全部知っている単語になる。

ただし、それがどういうことか、という肝心の中身はわからないままだけど。

「じゃあ、基礎の基礎から確認しよう。ソネイチャンも『神経線維』とか『シナプス』という言葉は知っているよな？」

「やだなあ、常識ですよ。中2の理科で勉強しましたもん」

「ふうん、じゃあその言葉を説明してみてくれ」

げ。説明を聞く立場の者が説明させられるなんて、掟破《おきてやぶ》りのルール違反、草加教授の指示と真逆ではないか、と思ったけど、行きがかり上、仕方なく説明する。

「神経細胞には樹状突起と神経線維があって、となりの神経細胞とつながっています。その接合部『シナプス』には隙間があって、神経伝達物質によって、電気刺激が伝わります」

赤木先生は目を丸くした。

「驚いた。満点だ。そんな優秀な坊やがなぜNCCを理解できないのか、謎だ」

実はこれには裏があって、この教室に入り直した時にブレイン三田村にこっそり神経のキソを教わっていたのだ。すると脇から佐々木さんが質問してきた。

「じゃあニューロンって何か、わかるか？」

「ええと、ニューロンっていうのは脳にあって、神経が互いにつながっていて……」

と途端にしどろもどろになったぼくを横目で見ながら、佐々木さんは赤木先生に言う。

「赤木先生、コイツを信用しちゃダメです。何しろ神経細胞はわかっても、ニューロンがわからないなんて言うヤツなんですから」

「なるほど、それが今時の中学生の医学理解のクオリティなのか」と赤木先生はため息をつく。

「結局ニューロンって何なんですか。教科書とかで聞いたことはあるんですけど……」

赤木先生は、すうっと深く息を吸い込むと、言った。

「それなら今ここで、徹底的に頭に叩《たた》き込め。そして二度と俺にその質問をするな。いいか、一度しか言わないから耳の穴をかっぽじってよく聞けよ。同じことは二度と言わないからな。『ニューロン・イコール・神経細胞』だ」

ええええ？　しまった。まさか同じものだったとは。何たる失策であることか、と山《さん》椒魚《しょううお》は呟《つぶや》いた、と習ったばかりの国語の教科書の一節を口の中で反芻《はんすう》してみる。

これではハイパーマン・バッカスが変身怪獣リドルフィーバーの弱点を見つけながら、古代獣ドドンゴピラスと同じ怪獣と気づかず大苦戦した「古代からの挑戦」の回と同じ展開ではないか。

まあ、「ハイパーマン・バッカス」を知らない人には、ワケワカメだろう。

でも、そのおかげで、ぼくの頭の中には「ニューロン＝神経細胞」という等式が、バッチリ叩き込まれたんだけど。

てか、頭に刻み込まなかったら、今度こそ赤木先生にギタギタにされてしまう。

「ひょっとしてコイツは、『ニューロン』と『ニューロン説』をごっちゃにしてるのかもしれないですね」と佐々木さんが言う。

「ニューロン」と「ニューロン説」って違うわけ？　またまたややこしい話を……。

あからさまに動揺しているぼくを見て、佐々木さんが説明する。

「硝酸銀と重クロム酸カリウムを使うゴルジ染色で、脳に詰まったニューロンの一部だけが染まって、『神経細胞＝ニューロン』が肉眼で観察できるようになったんだ。そこで染色法を発見した医学者ゴルジはニューロン同士が直接結合しているという、『ネットワーク仮説』を唱えた。ゴルジを尊敬していた弟子のカハールは、ニューロン間に隙間があると考えた。それが『ニューロン説』だ」

赤木先生は惚《ほ》れ惚《ぼ》れした様子で佐々木さんを見た。

「俺は時々不思議に思うんだが、ストッパー佐々木はなぜそんな専門的な知識を正確に理解しているんだ？　まあ、それが元スーパー高校生医学生の所以《ゆえん》なんだろうが」

「そんなんじゃないです。たまたま科学史が趣味だっただけです」

「そう、そのせいで神経細胞のつながりが『ニューロン』だと誤解しちゃったんです。でもそもそも『ニューロン』は神経細胞のことなのにそのつながりを『ニューロン説』だなんて、わざわざこんがらがるような名前をつけた学者さんのセンスが悪すぎるのでは？」

赤木先生は、しみじみとぼくを見て言った。

「俺はいつも不思議に思うんだが、ソネイチャンはどうしてそんな小理屈を捏《こ》ねるのがうまいんだ？　ひょっとして君のお父さんは弁護士かお笑い芸人なのか？」

「パパはアメリカの大学でゲーム理論の研究をしている学者です」

「ああ、そうだったな。世紀の謝罪会見でフクロウ親父を叩き潰《つぶ》した黒幕だったっけ。だからこんな『ああいえばこういう坊や』が出来上がってしまったわけだな」

ぼくをまじまじと見ていた赤木先生は、やがて言った。

「わかった。もう少しだけ説明してやろう。神経細胞が『ニューロン』という名称になったのは、ゴルジの『ネットワーク説』との対決でカハールの『ニューロン説』が勝利を収めたからだ。新兵器、電子顕微鏡で接続部分を直接画像で見られるようになり、神経細胞の接合部の樹状突起周辺に隙間があるとわかったんだ」

「それが『シナプス』ですね。『トリセツ・カラダ』という本を読んでカラダ地図は描けるようになったけど『ニューロン』の絵はなかったのでわからなかったんです」

「確かにあの本は名著で、俺も解剖実習の講義の前に医学生に読ませている。物事は何より正確なイメージを摑《つか》むことが大切だからな。『ニューロン＝神経細胞』の接合部が『シナプス』。つまり『神経細胞接合部＝シナプス』だ。そしてシナプス間に隙間があることを『シナプス間隙』と表現する。ここまでは理解できたか？」

頭の中のメモ帳に、ニューロンとシナプスとシナプス間隙という三つの文字を書き、互いに線でつないでみた。でもよくわからない。

赤木先生はそんなぼくに構わず、先を進めた。

「『神経細胞＝ニューロン』は樹状突起、細胞体、軸索の三つでできている。『ニューロン』から出た樹状突起は他のニューロンの軸索とつながる。ニューロンの情報伝達は電気信号で行なわれ、細胞体で電位が上がるのをスパイクと呼び、これが軸索に伝わる。細胞体はミニ発電機で軸索は電気コード、その先に別のニューロンの樹状突起がタコ足配線されているわけだ。つまり、たくさんのニューロンの電気信号がひとつのニューロンの電気信号に集約され、『反応するか、しないか』の二択を選び、それが次のニューロンに伝えられるんだ」

「そんなんでこんがらがったりしないんですか？」

「きわめて妥当な疑問だな。答えは簡単、滅多にこんがらがらないがごくたまにこんがらがる人もいる。電気スパイクはニューロン発火とも呼ぶが、多ければ1秒間に1００回も起こる。その都度、いろいろな信号が大脳全体を飛び交うんだ」

「それって桜宮駅ロータリーのクリスマスのイルミネーションみたいなものですか」

「う、まあ、その巨大版と考えても間違ってはいない、のかもしれんなあ」

赤木先生は、もはやぼくの発想を受け入れるしかないと観念したのか、うんざりした顔になって言う。

「その知識が骨身にしみたら、豆知識を伝授してやる。ニューロンの研究を始める時に、英国のハクスレイとホジキンが使ったのがイカの巨大軸索だ。軸索はわかるな？」

「樹状突起とつながる、信号の出力コードみたいなヤツでしょ」

「うーん、間違ってはいないが、ソネイチャンの表現にはアニメ臭が漂うな。で、そのイカの巨大軸索は直径1ミリもあり、そこに電極を刺し電位変化を調べたんだ。当時ホジキンはプリマスの海洋研究所に勤務していて、イカは取り放題だったんだ」

「それじゃあ実験が終わったら、イカ刺しにして食べたんですか」

「英国人には刺身を食べる習慣がないから、イカ刺しじゃなくてイカ焼きじゃないか……って何を言わせるんだ、お前は」

ついに赤木先生は辛抱できなくなって、ぺん、とぼくの頭をはたいた。

赤木先生はお盆の上にあるお菓子を取り上げ、皿の上においた。

「気を取り直して、続きを説明しよう。これが何か、わかるか？」

「『ハイパーマンバッカス・チョコボール』、一昨年《おととし》、『ハイパーマンバッカス・エキストラ』のアニメ放映記念で売り出されメガヒットになった商品です。『ハイパーマンバッカス・ゼロ』実写化のウワサがあり、その時新バージョンが発売されるという極秘情報もあります。通常のチョコボールの2・5倍の大きさで……」

「ストップ、そんな珍妙な説明は必要ない。つまりこれはチョコボールだよな」

ぼくは拍子抜けしてうなずく。そんなの、見れば幼稚園児だってわかる。

「で、このチョコボールは、何色かな？」

「ええと、焦げ茶色です」

「ソネイチャンは、どうでもいいところにこだわるな。単に黒でいいだろ」

「それじゃあ、黒です」

「でも本当にこれは黒いのか？」

……何なんだ、この人。

赤木先生が、ぼくの理解力のなさにイライラしている気持ちはわかるけど、それはおあいこ、ぼくが赤木先生の説明にイライラする気持ちも察してほしい。

「だからさっきぼくは、焦げ茶色じゃないかと……」

「そういうことではなくて、これは黒でいいんだよ。でもソネイチャンが見ている黒と、俺が見ている黒は、本当に同じ黒なのか、ということだ」

「え？　黒はどこから見ても誰が見ても黒なのでは？」

「その通り。同じ色を見ていることは、色の波長を確認すればわかる。でも俺が認識している黒と、ソネイチャンが見ている黒は違う、のかもしれない。でもそれは確認しようがないんだ」

赤木先生が何を言いたいのか、おぼろげながらわかってきた。

ぼくが見ている世界と赤木先生が見ている世界が、まったく同じものだという保証はどこにもないということなのだろう。

「今、俺たちが見ている世界は何か。そもそも人間はシナプスの電位変化で情報を得ている。今、ソネイチャンが見たチョコボールは網膜に映り、網膜にある3種類の錐《すい》体《たい》細胞が活性化し神経細胞に色と形を伝える。つまりソネイチャンの中にある実体は電気信号だけなんだ」

「つまりチョコボールもコミック雑誌『ドンドコ』も『ハイパーマン・バッカス』も、ぼくの中では全部電気信号になっているんですか？」と、びっくりして訊《たず》ね返す。

「その通り。その理解にたどり着くまでこんな手間取るとは思わなかった。さて、ここからが重要だから耳の穴をかっぽじって聞け。それが『NCC＝神経意識連関』の基本概念で、そこで得られるのが『クオリア』、すなわち『感覚意識体験』だ」

耳の穴をかっぽじって、なんて普段耳にしない表現を度々するなんて、ひょっとして赤木先生は落語《オチ》研出身かな、なんて余計なことを考えつつ、ぼくは答える。

「『クオリア』は知ってます。脳で生まれる、たまっころみたいなヤツでしょう？」

「『たまっころ』……」と言って、赤木先生はしばらくの間、絶句した。

やがて気を取り直して言う。

「ま、いいか。俺はその『代替刺激置換現象』を研究している。つまりそうした電気的刺激を別物に置き換え、俺たちが認知している世界を再構築したいんだ」

言葉は単純だけど、中身が複雑すぎて、何を言っているのかさっぱりわからない。

また、振り出しに戻ってしまった。すると佐々木さんが口を開いた。

「要するに俺たちが今、いろいろ『意識』していることは全部、『こころ』がしていると考えられる。赤木先生はその『こころ』を人工的に作ろうとしているんだ」

「それって今流行《はや》りのＡＩってヤツですか？」

「違う。ＡＩは人工知能で、もう部分的にできている。だが男・赤木雄作《ゆうさく》、他人の後追い研究などをするつもりはさらさらない。これまで誰にも『こころ』は作れていない。『意識』の実体がよくわかっていないからだ。俺たちがいろいろなことを知ったり考えたりするのはこころ、つまり意識が考えているわけだが、それはコンピューターでは再現できていない。俺はそれを再現したいんだ」

「つまり赤木先生は、アンドロイドを作りたいんですか？」

「アンドロイドはＡＩに近いから違う。俺がやりたいのは『こころ』の移植だ。心臓も移植できる現代、未《いま》だに移植不能の臓器がある。それが脳だ。意識は脳に宿っている。意識の移植が可能になれば、永遠に生きられることになる。俺の研究はそんな、不老不死の世界を目指しているんだ。どうだ、凄《すご》いだろ」

するとの佐々木さんが、冷静な口調で言った。

「赤木先生のモチベーションは、そうなんだろうと推測していました。でも『こころ』の移植を研究するのに『解剖学教室』は一番遠くありませんか？　研究材料は死体ですから」

「ストッパー佐々木は俺が大学院に入学する前は何科の医者だったか、知っているか？」

「解剖学のプロパーだと思ってました。でも今のお話を伺うと、脳外科か神経内科の先生かな、と」

「ハズレだ。6年前、俺は眼科医だった。そして『見る』ということを研究しようとしていた。それがわかれば視力を失った人を助けられるからな。現代医学では切断した足を再生するのは難しいが、高度な義足を使えば歩行できるようになる。それと同じことを、視力でやりたかったんだ」

「だから藤田教授に見捨てられた俺を、研究室に誘ってくれたんですか」

「それもある。網膜芽腫《がしゅ》は眼科では重要な研究課題だから、その研究をしたがる人材は眼科にとって貴重だ。だから草加教授にストッパー佐々木を教室に招きましょうとプッシュしたんだ。『ソネイチャン』というオマケは大誤算だったが」

げ。ぼくは佐々木さんのオマケだったか。それなら佐々木さんに感謝しなくては。

いや待てよ、佐々木さんがいなければぼくは今頃、普通の中学生に戻れていたのか。

するとと佐々木さんはぼくにとって恩人だか迷惑な人だか、もうワケワカメだ。

「網膜の錐体細胞には赤、緑、青を認識する3種があるんだよ。そして赤（RED）、緑（GREEN）、青（BLUE）の頭文字で錐体細胞R、錐体細胞G、錐体細胞Bと呼んでいる。俺はその形態と機能の違い、分布を細密に研究し網膜博士になろうと思ったんだ。すると実習で毎年50体近いご遺体を解剖できる解剖学教室は宝の山だ。実習が済むと網膜の組織を集め標本を作り、朝から晩まで顕微鏡で観察した。おかげで博士号も取れ、眼科に戻ろうかと思っていたら、眼科のポジションがなくなっていた。途方に暮れた俺に、草加教授が教室のスタッフにならないかと声を掛けてくれた。草加教授は大恩人だから、俺はすごい研究を成し遂げて恩返しをしたいんだ」

そう言って、赤木先生は、遠い目をした。

「俺は網膜博士になったが、ものを見るということはどういうことか、もっと追究したくなった。そんなことを考えていた時に、脳内は電気信号の集積だということに思い至った。ヒトの知覚、運動、思考は脳内の電気活動で、神経細胞とシナプスの集積で動いている。確かに神経細胞の数は膨大で解析は困難にも思えるが、所詮《しょせん》は重量2キロに満たない脳という臓器内でやられていることだ。それなら絶対に再現できるに違いない、と俺は考えた。それが俺の野望の原点なんだよ」

そう言った赤木先生の顔は、興奮で赤みを帯びていた。

ぼくと佐々木さんが唖然《あぜん》として、その様子を眺めているのに気がついた赤木先生は、ふう、と吐息をついた。

「いかん、つい興奮してしまった。とまあ俺の研究はこうしたことを背景に行なっているわけだが、ここまでなにか質問はあるか？」

ぼくは首をふるふる横に振る。

正直言えば質問だらけだけど、問題は「何がわからないのかがよくわからない」ということだ。でも今、ここでそんな質問をしたら、赤木先生が激怒するのが目に見えていたから黙っていた。

草加先生のテストを受ける前に、佐々木さんに内緒で教えてもらえばいい。

ズルはぼくの基本戦略だ。

でも言い方を変えれば、自分でできないところは人に頼る、ということで、それは人間の基本だと言うこともできる。

そんな赤木先生の表情は、ハイパーマン・バッカスの悪役の黒幕、地獄《じごく》博士に似ていた。でも「ほうほう」が口癖のフクロウ悪漢・藤田教授ならともかく、赤木先生は熱血正義漢のイメージが強いから、その印象は、あまりしっくりこない。

それにしても、デカい図体《ずうたい》をした赤木先生が小さな眼球を覗《のぞ》き込んで治療している姿を思うと、なんだか微笑ましい。

そんなことを言ったりしたら、また頭をはたかれそうだけど。

結局その後、草加先生の「追試」はなかった。

秘書さんに「草加教授はお出掛けになるので今日の追試はナシになりました」と告げられて、拍子抜けした。

がっかり顔をしたぼくに、佐々木さんが冷ややかに言う。

「よかったじゃないか。お前が追試で不合格になれば、あれだけ熱心に説明した赤木先生には相当のダメージになるからな」

なるほど、そういう考え方もできるわけか、と感心した。

佐々木さんは、物事をいつもそんな風に斜に構えて見ているクセに、なぜかいつも誰よりも早く正しい答えにたどりついている気がする。

ひょっとしたら隻眼の方が、いろんなことがよく見えるのかもしれない。

「ところで相談があると言っていたが、それはすぐ済むのか、長くかかりそうか？」

「どちらかといえば、長くかかるかもしれません」

「それなら新病院のレストランで、昼飯を食べながら話を聞こうか」

いつもは赤煉瓦《あかれんが》棟の食堂なので、「満天《まんてん》」は久しぶりだった。

何だか嬉《うれ》しくなって、ぼくは、「大賛成です」と言った。

4章

4月13日（木）

準備万端だと、
何も起こらない。

ぼくは佐々木さんと並んで、赤煉瓦棟を出て土手道を歩いていく。

視線の先には、白とグレーのツインタワーが見えた。ここから歩いて10分ほどだ。

新病院棟最上階のスカイレストラン「満天」は昔、グレーの旧病院棟のてっぺんにあったけど、新病院に移転した。旧病院の食堂跡には支店の喫茶「清流《せいりゅう》」ができた。

そちらは軽食がメインだと赤木先生が教えてくれたけど、行ったことはない。

午前11時、新病院棟の最上階、「満天」はがらがらだった。

ぼくと佐々木さんは窓際に並んで座った。窓からは、桜宮湾が見える。

水平線が銀色に光っていた。岬の近くに光る塔を見て、桃倉さんの話を思い出す。

──あれは大昔の貝殻の残骸《ざんがい》だ。その跡地に因縁の塔が建てられて、すぐに壊れた。

ぼくと佐々木さんは向かい合って座り、たぬきうどんをすすり始める。

「岬にあるガラスのお城って、なんていう建物か、ご存じですか？」

佐々木さんは窓の外に目を遣《や》り、「『未来医学探究センター』だ」と投げ遣りに言う。

「あそこで何をしているんですかね」と訊《たず》ねると、佐々木さんは顔を上げた。

「なぜそんなことを聞く？　それはお前の相談ごとと関係あるのか？」

なんでこんなに不機嫌になるんだろう、と思いながら「いいえ」と首を横に振る。

「ええと、何から話せばいいか、ちょっとこんがらがっているんですけど」という前置きをして説明を始めたけど、話してみたら全然こんがらがっていなかった。

洞穴で大きな「たまご」を見つけ、抱きついたら人によって違う色に光ったこと。翌日、たまごが透き通り胎児みたいなものが見えたこと。結局はそれだけだった。

話を聞き終えた佐々木さんは、うどんの汁を飲み干すと言った。

「本当にお前は巻き込まれ体質だな。まあ、いい。食い終わったら出掛けよう」

「出掛けるって、どこへですか?」

するとと佐々木さんは呆《あき》れ顔をして言った。

「この流れで行こうと言ったら、その洞穴以外にどこがあるんだ?」

「地下研究室に寄ってくるからバス停で待ってろ」と言い佐々木さんは赤煉瓦棟へ駆け戻った。その姿を見送ったぼくは、バス停のベンチに座り、停車中のバスの赤い車体を眺めた。春風が頬を撫《な》でていく。

遠くでウグイスの鳴き声がした。佐々木さんが黒い小さな鞄《かばん》を手に戻ってきたので、「桜宮駅行き」の桜宮交通バスに乗り込む。すると、バスはすぐに出発した。

病院坂を下り「桜宮十字路」で「桜宮水族館行き」の青バスに乗り換える。

ひとつ目の「ジョナーズ前」が美智子の家の近く、ふたつ目の「メゾン・ド・マドンナ前」がぼくの家の前で、そこから15分で「桜宮中学前」、更に15分で終点の「桜宮水族館」が平沼家の最寄りの停留所だ。

戻りは「桜宮車庫行き」で、4本に1本は「桜宮岬行き」になる。

バスに乗ると、ぼくはLINEで、美智子にメッセージを送った。

──佐々木さんと洞穴に向かう。授業が終わったら秘密基地に来るように。

終点で降り水族館と反対方向へ、海に背を向けて歩き出す。

早足の佐々木さんはずんずん先を歩くけど、分かれ道のところで立ち止まり、ぼくを待っていた。佐々木さんは、道を知らないのだった。

「平沼製作所」の裏手の岩山の小径《こみち》に入り秘密基地に着いた。スポーツドリンクを1本、佐々木さんに手渡すと、佐々木さんは、ごくごくと一気に飲み干した。

「サンキュ。じゃあ出発するか」と珍しく気が急《せ》いているように見えた。

その様子が誰かに似ているなと思ったら、この間の三田村だと思い出した。

探検の最初は逃げ腰でへっぴり腰だったのに、「たまご」を見つけた途端、前のめりになっていたっけ。

洞穴の入口に到着すると黄色いロープは少し汚れていた。

ゆうべ雨が降ったせいだろうか。

作業用のロープは丈夫だから切れることはないだろうけど、ちょっと心配だ。

佐々木さんは基地から懐中電灯を手に歩き出した。歩いて10分。来る度に「たまご」の場所が近くなる感じがする。単に慣れてきたせいだろうけど。

ヒカリゴケに包まれた広場に出ると、ぽつんと白い「たまご」があった。

佐々木さんは「たまご」を懐中電灯で照らして観察した。それから黒い鞄を開けた。

出てきたのはガイガーカウンターだ。地下の分子生物学の実験室の備品だ。

スイッチを入れると、ガガ、と耳障りな音がして、針がびん、と振れた。

「実験室のラベリング程度の微量の放射線が出ているが、防護は不要なレベルだな」

佐々木さんの指令が矢継ぎ早に飛ぶ。

「『たまご』に抱きつけ。光らないのか。次はお前のスマホで、俺が抱きつくところをムービー撮影しろ」と言うと、佐々木さんは「たまご」に抱きつく。

でも、何も変化しなかった。

「たまご」から離れ、動画を確認して佐々木さんは「珍しいものに飛びついてみましただなんて、売れないユーチューバーみたいだ」と呟《つぶや》いて動画を消去した。

洞穴の奥の地底湖のことを話した。

すると、佐々木さんは、「行ってみよう」と言う。

暗闇の中、地底湖にたどり着いた佐々木さんは、ぽつんと言う。

「洞窟《どうくつ》は海に続いているな。この洞窟は海水の浸食でできたのかもしれない。先日の地震で潮位が1メートル上がった小津波があったから、洞窟に海水が押し寄せ、外部に開口したのかも。すると『たまご』は海から運ばれてきた可能性も考えられる」

佐々木さんはそう言うと、しばらく湖面を眺めていたが、やがて踵《きびす》を返した。

洞穴の外では、他の3人が待ち構えていた。

「君たちはカオルの友だちだね。確か、論文謝罪会見の時にも応援に来ていたよね」

「覚えていてくださって感激です」と美智子は頬を赧《あか》らめた。

声も言葉遣いも普段と全然違う。サクラテレビのレポーター大久保《おおくぼ》リリさんが、ぼくと話す時とカメラが回っている時の声のトーンが全然違ったのとよく似ている。

「医学的にわかったことはありましたか」と三田村が訊ねる。

「なかなか興味深いことがわかった。秘密基地で詳しく説明しよう」

基地に戻った佐々木さんは「今回、観察した事項をまとめてみる」と言いながら、ホワイトボードに、「たまご」に関する事実を箇条書きにした。

佐々木さんの字がとても綺麗《きれい》だったので、びっくりした。

①「たまご」は全長148センチ、最大径121センチ。幅最大50センチ。

②「たまご」の上の天井に、たまごが通れるくらいの洞穴が開口している。

③「たまご」の周囲の放射線量は0・06ミリシーベルト。
④「たまご」に人が触れると、最初に白色光を放った。
⑤その次の発色は人によって異なり、特有の色になる。
　（進藤→緑、平沼→赤、曾根崎→黄、三田村→青）
⑥「たまご」が発光すると、周囲のヒカリゴケも連動して発光する。
⑦「たまご」に4人同時に触れると初めに白く光り、緑、赤、黄、青の順に光った。
⑧「たまご」がどこから来たのか、親はいるのか等、周辺事情は一切不明。

からん、とペンを投げると、佐々木さんはぼくたちを見た。

「ざっとこんなところだ。他に気づいたことがあれば追加してほしい。質問も受ける」

ぼくたちは互いに顔を見合わせる。美智子が挙手した。

「放射線が出ているそうですが、大丈夫なんですか」

「胸部レントゲン撮影時の線量と同レベルだから、長く滞在しなければ問題ない」

「『たまご』についての研究を医学部でやってもらえますか？」と三田村が言う。

「もちろん。大型生物の新種だから『ネイチャー』クラスの雑誌に楽勝で載るな。残念なのは発光状態を撮影できていないことだ。機会があれば撮影しておいてくれ」

「その人が、最初に接触した時しか光らないという可能性があると思います」

「それは違うだろう。さっき俺が抱きついても、光らなかったからね」

ヘラ沼は、残念そうに鼻をこすった。それにしても3年B組の無法松《むほうまつ》までお行儀のいい言葉遣いにさせてしまうなんて、佐々木さんの威力は、本当にすごいものだ。

「提案があります。あの子に名前をつけたいです。東城大の先生たちは信用できないので、あの子を〈たまご〉なんて呼んだら、実験動物みたいに扱うだろうけど、人間の赤ちゃんと同じように名前があったらそんな風に扱われなくなると思うんです」

「いい考えだが、君は少し誤解している。大学では動物実験するけど、むやみに殺したり傷つけたりすることは禁止されている。医学部では年1回、解剖実習に献体してくださった方のご遺族をお招きして慰霊祭を行なうけど、同時に実験動物の慰霊祭もやっているんだ」

「慰霊祭って殺された動物のお葬式なんですか？　それならあの子は慰霊祭になんて出しません。人間は実験材料にしないんだから、同じように扱ってほしいです」

美智子が、キッと佐々木さんを睨《にら》みつけると、佐々木さんはうなずいた。

「わかった。俺も東城大には不信感があるから、君の気持ちに添うようにするよ」

ほっとした表情になった美智子は、ぼくたち男子に言う。

「みんな、自分がつけたい名前を出して。多数決で決めようと思うの」

美智子が妙に歯切れが悪い。それは気を遣って遠慮している場合が多い。

「お前がつけたい名前を言ってみろよ。『たまご』に名前をつけるなんて、お前以外誰も考えないからな。そうだよな、三田村、ヘラ沼？」

話を振ると2人とも、うん、うん、とうなずく。美智子は嬉《うれ》しそうに言う。

「じゃあ提案するわね。あたしはあの子に、〈いのち〉という名前をつけたいの」

「〈いのち〉？　そんな名前、聞いたことないぞ」とヘラ沼が素っ頓狂《とんきょう》な声を上げる。

「だからいいの。この子は男の子か女の子かわからないけど、〈いのち〉ちゃんならどちらでもＯＫだし。カオルはどう思う？」

その流れでぼくに振るのかよ、セニョリータ。カオルなんていう、男とも女とも、どっちつかずの名をつけられたせいで、ぼくがどれだけ苦労してきたことか。

でも考えたらそんな風にからかうのはヘラ沼だけなので、「悪くないと思うけど」とぼそりと答えた。すると、三田村が立ち上がって拍手する。

「〈いのち〉くん、素晴らしいです。これならスローガンを『〈いのち〉を守れ』とか、『〈いのち〉を大切に』にできます。それは医学の基本で、いろいろバッチリです」

「確かにいい名前だ。俺も賛成する。けれども三田村君の言ったことは少し訂正が必要だ。医学の目的は『いのちを守る』ことではない。医学は人を助けるが、人を殺すこともできる。たとえば薬学は毒も研究し、致死量を決める。つまり医学を究めると人間を効率よく殺すこともできるんだ」

佐々木さんの言葉を聞いた時、ぼくの脳裏に、「ほうほう、なるほど」と薄ら笑いを浮かべた黒ずくめのフクロウ悪代官、藤田教授の顔が一瞬よぎった。

「マッド・サイエンティストってヤツっすか？」とヘラ沼が言う。

「その通りだ。医学は包丁のようなもので魚を刺身にもできれば、ヒトを殺すこともできる。でも包丁には罪がない。同じように医学にも罪はない。人を殺しても凶器の包丁は罪に問われないのと同じだ。罪は使い方にある。『いのちを守れ』というスローガンは、『医学』ではなく『医療』の基本だと考えればいい」

「医療と医学って違うんですか？」と美智子が優等生らしい質問をする。

「医学は学問で、医療は『医学を使って治療する』ことだ。これは医学研究ではなく、医療への応用のための対応だと考えた方が〈いのち〉君の安全は保証されるだろう」

なるほど、とうなずいた美智子は、高らかに宣言する。

「ではあの子の名前は〈いのち〉ちゃんに決定します」

賛成、とチーム曾根崎の3人の男子が拍手した。佐々木さんは話を変えた。

「では今後の相談をしよう。君たちに当番制で『たまご』を見守るのは続けてもらいたいが、それでは足りない。孵化《ふか》のタイミングによっては、それに気付くのが24時間後になりかねない。野生動物は孵化直後が一番デリケートだからそれはまずい。すると24時間モニタするしかないんだが……」

「わかりました。あたしがずっとつきそいます」と美智子がきっぱり言う。

「いや、さすがにそれは現実的じゃないだろ」とぼくが言う。

美智子は頬を膨らませ、むっとした表情になった。そんな美智子をなだめようとして、ヘラ沼が助け船を出してくれた。

「爺《じい》ちゃんの発明品を使えばいいよ。『グルリン眼鏡クン2号機』っていう監視カメラロボットがある。カメラがたまっころの中にあって、ころころ転がりながらあちこちを撮影するんだ。俺の部屋に置いてあって、俺が勉強をサボっていないか母ちゃんが監視する機械だから、部屋から運び出しちまえばこっちのもんさ」

コイツの爺ちゃんは天才だけど、発明品のネーミングセンスはいかがなものか、といつも思っている。

昔、潜水艇「深海五千」を見学させてもらった時、かっこいいマシンが並んでいたので名前を聞いたら、「マンマルマンマリン」だの「ケズリン・プッチーニ」だの、挙げ句の果てに「空間圧力釜《あつりょくがま》3号」だのと聞かされ、思い切り脱力したことがある。

そんなぼくの思い出は知らない佐々木さんは、あっさり言う。

「監視カメラロボットを貸してもらえるとありがたいけど、そうすると君のお母さんのところに『たまご』の画像が送られてしまうんじゃないかな」

「あ、確かにそれはまずいっす。どうしよう」とヘラ沼はうろたえる。

「そのグルグル眼鏡クンが2号機なら、1号機があるんじゃないの？」

美智子が言うと、ヘラ沼は、はっと気づいた表情になる。

「ああ、そっか。『グルリン眼鏡クン初号機』を投入すればいいのか」

「平沼君って気が利くのかバカなのか、よくわからないわね」と美智子が言う。

いや、やっぱりバカなんだろ、とぼくは心の中で言う。

「それなら画像は俺の住居に転送してもらえると助かるんだが」

すると、美智子が勢い込んで訊《たず》ねる。

「佐々木さんはどちらにお住まいなんですか？」

佐々木さんはしばらく黙っていたが、顔を上げると、ぼくを見つめながら言った。

「俺は桜宮岬の〈光塔《ミナレット》〉、『未来医学探究センター』に住んでいるんだ」

脳裏で、スカイレストラン「満天」の窓から見た、硝子《ガラス》のお城がきらりと光った。


その後、佐々木さんが朝晩2回、画像をチェックしてくれること、なにか変化があればLINEで報告すること、「たまご」に重大な変化、たとえば孵化が起こったら緊急招集を掛けること、その時は佐々木さんが駆けつけるから中学生はムリしないこと、なんていう、いくつかの基本的なルールを決めた。

「問題は〈いのち〉の食べ物の調達だ。幸い基地の冷蔵庫は大型だからひと通り食物を保存しておけるのは助かるな。いろいろな種類を少しずつ準備しておこう。あとは、孵化した時にその場に君たちがいられるかどうかだが、それは神頼みだな」

「あたしたち、来週から3日間、修学旅行に行くんです」と美智子が言う。

「わかった。その3日間は俺が基地に詰めているよ」

「佐々木さんは、私たちが考えもしなかったことを教えてくださって助かりました。お礼の気持ちを込めて『チーム三田村・曾根崎』は、今から『チーム佐々木』と名称変更することを、みなさんに提案したいと思います」

三田村が立ち上がって言うと、ヘラ沼と美智子が賛成、と拍手した。

ぼくは複雑な気分だった。チームリーダーはぼくなんだから、そういう発案もぼくがすべきなのでは、と思った。

すると佐々木さんは首を横に振る。

「気持ちはありがたいが、俺は中坊と徒党を組むつもりはない」

その言葉の響きは、佐々木さんの右目の光のように冷ややかだった。

ぼくたちは黙り込む。気まずい雰囲気を打ち消すように、佐々木さんが言う。

「ごめん。君たちを拒否しているわけじゃない。俺は誰とも仲間になるつもりはないんだ。俺はそうやって生きてきたので、今さらその生き方は変えられないんだ」

その言葉の裏側に深い闇、そして寒々とした孤独な姿が見えた。

そういえばぼくは、佐々木さんのプライベートを全然知らなかったことに、初めて気がついた。

「こんど、佐々木さんの家に遊びに行ってもいいですか？」

おそるおそるぼくが言うと、佐々木さんは、「ダメだ」ときっぱり答える。

それから困ったような表情でうつむいた。

「いつかは招待できるかもしれない。でも今はダメなんだ」

取り付く島のない言葉に暗くなった雰囲気を、明るくしたくて、ぼくは続ける。

「それなら『チーム曾根崎&ストッパー佐々木』という名前はどうですか」

「『ストッパー佐々木』って何なの？」と美智子が首を傾げる。

「教室の先生が佐々木さんのことをそう呼ぶんだ。でもそういえば、ぼくもその由来は知らないな。それってなぜなんですか？」

赤木先生は、ネイチャー騒動をもじってぼくを「ソネイチャン」なんて呼ぶ人だから、褒められた渾名《あだな》の付け方ではないだろう、と思ったけど、ついでに聞いてみた。

すると佐々木さんは困ったような顔をしていたが、やがてぼそりと言った。

「赤木先生は横浜《よこはま》出身で、地元のプロ野球チームにいたクローザーにあやかったんだってさ。古典落語のファンでダジャレが好きなんだ。最初の頃は『大魔神・佐々木』なんて呼ばれていたが、さすがにそれは勘弁してもらったんだ」

佐々木さんの説明に、ぼくたちは笑い転げた。

つまらないギャグに馬鹿笑いしたのは、佐々木さんの闇にうっかり触れたことを、笑い声で洗い流してしまいたいという気持ちもあった。

チーム曾根崎の4人プラス佐々木さんの5人は夕方、もう一度、洞穴に入った。

「たまご」のある広場まで行くと、佐々木さんはデジカメのスイッチを入れる。

それから中学生4人が手を繋《つな》いで「たまご」を囲み、4人一斉に抱きついた。

でも、いろいろやってみても、やっぱり「たまご」はもう光らなかった。

——準備万端だと、何も起こらない。

『マーフィーの法則』は人生の真理だ。

でもぼくは『マーフィーの法則』は未読なので、本当にそんな箴言《しんげん》があるかどうかは、知らないんだけど。

その後、ぼくたちは解散して帰宅した。

翌日。ヘラ沼から「グルリン眼鏡クン初号機」の使用許可をもらったから設置しておいたぞ、という、恩着せがましいLINEの報告があった。

5章

4月19日（水）

出会いは偶然だけど、
運命は必然だ。

4月中旬。桜宮中学3年生一同は、2泊3日の東京への修学旅行に出発した。

3年前の新型コロナウイルス感染症の流行は3年続いて、ずっと修学旅行は自粛されていたけれど、今年からラッキーにも再開されたのだった。

新幹線の貸し切り車両で出発した。新幹線を丸ごと借り切るなんて豪勢だと思ったけれど、「その方が安上がりなの」と田中先生が身も蓋《ふた》もない説明をしてくれた。

桜宮駅を朝8時に出発した桜宮中3年総勢200人は、昼前に浅草《あさくさ》に到着した。

泊まる旅館は浅草だけど、スカイツリー見学はしない。入場料がめちゃ高いらしい。

浅草寺《せんそうじ》を見学した後は花やしきを借り切って乗り物乗り放題なんていう、豪勢なのかしょぼいのか、よくわからない旅行だ。美智子はきゃあきゃあ言いながら、脱線しそうな古いジェットコースターに乗り、ヘラ沼はお化け屋敷を「全然怖くないぞ」と文句を言いつつ5回連続で入場し、一緒に入った友達に脅かしポイントを解説して、オバケ担当の人に怒られていた。

夕食後は部屋での自由時間で9時就寝。そんな早く眠れるはずもなく、お約束の枕投げだ。去年まで3密を避けなさい、なんて言われていたけど修学旅行の夜に、そんな禁止が守られるはずもない。おまけに仲居さんが「中学生は、やっちゃダメなのに、枕投げが好きなんですよねえ」と、ちらちらとぼくたちを見ながら布団を敷くので、期待に応《こた》えねば申し訳ないという気持ちになる。

そしてこれもお約束で、先生の見回りで枕投げは終了。

ルール破りのはずなのに何なんだろう、この予定調和感は……。

修学旅行2日目は快晴だ。朝食後、田中先生が各班の班長を集めた。自由行動G班は美智子が班長だ。美智子がメンバーに配った予定表を眺めたぼくはびっくりした。

「おい、美智子、お前はぼくと一緒にくるのかよ」

「おかしいです。私たちG班は曾根崎君の極秘の単独自由行動を容認しましたが、先生たちには内緒だったはずでは？」と三田村も抗議する。

「あたしもそれでいいかな、と思ったんだけど、カオルをひとりでふらふらさせるのは心配だから田中先生に相談したら、午後は二手に分かれていいと認めてもらえたの。あたしが監視しますと言ったら一発ＯＫよ。それにこれは合理的な変更なの。午前中は4人で国立科学博物館を見学して、午後は三田村君と平沼君は上野《うえの》でご飯を食べて帝華大医学部見学、あたしとカオルは例の場所に行く。これなら午前中のレポートはカオルが書けるし、午後は三田村君がレポート係だから平沼君も文句ないでしょ」

「お、おう。別に俺はいいぜ」とヘラ沼は即答したが、三田村は言う。

「ひとつお聞きしたいです。進藤さんは曾根崎君の見学先に興味があったんですか？」

「もちろん。赤ちゃんを産む施設はいつか見学してみたいな、と思ってたの。それに、こうすればお昼は原宿の『エリザベス』でクレープを食べられるし」

しっかり者の美智子がついてくるのはうざったいし、三田村がジト目で見るし……。

「田中先生のOKをもらっちまったんだから、しょうがない。俺たちは男同士で仲良く帝華大見学をしようぜ、三田村博士」

ヘラ沼が三田村の肩を乱暴に抱くと、戸惑った表情の三田村がうなずく。

「すぐに出発よ。国立科学博物館は相当混むから急がないと」と美智子が言った。


上野公園は魔界だ。

ヘラ沼を夢中にさせる国立科学博物館もあれば、美智子がうっとりする国立西洋美術館もある。歴史オタのぼくにとって東京国立博物館は憧《あこが》れの聖地だし。

科学博物館の見学は駆け足だったけど、そうしないとレポートを書ききれないくらい、展示物は多かった。恐竜トリケラトプスがティラノサウルスと対決しているかと思えば、色とりどりの鉱物標本が並ぶ。最後はヘラ沼ご自慢の深海ゾーンだ。

ボンクラボヤを見たヘラ沼は誇らしげだ。桜宮湾固有の新種を発見したのはヘラ沼の爺《じい》ちゃんだから威張って当然だ。説明プレートをスマホで撮影する。

銀のプレートに「発見者：平沼豪介（平沼製作所）」という名前が書かれている。

さすが「ヤバダー」に出演したスターだけのことはある。

ボンクラボヤは桜宮の深海館で生きている姿を見ているから、小声でヘラ沼に言う。

「これなら桜宮水族館の圧勝だな」

「当たり前だろ。あそこは爺ちゃんが直接監修してるんだからな」

ぼくは水族館フリークだけど魚の剝製《はくせい》には興味がない。魚の干物も苦手だ。

ぼくをがっかりさせたもうひとつの理由は、クラゲの展示がないことだ。ここにあるのは魚の剝製だけで、クラゲを剝製にするのは不可能だから仕方がないんだけど。

展示は膨大で、半分も見終わらずにお昼になった。美智子が決然と言う。

「では今から自由行動G班は、第1部隊と第2部隊に分かれます。第1部隊の隊長は三田村君にお願いします。第2部隊の隊長はあたしね」

「了解しました、ボス」と三田村が敬礼する。

「やめてよ、三田村君も同格なんだから。もし平沼隊員が買い食いしようとしたら、田中先生に言いつけるぞ、と言ってね」

「おのれ進藤、余計なことを言いやがって……」とヘラ沼は悔しそうだ。

ぼくは美智子の後を追い、後ろ髪を引かれる思いで科学博物館を後にした。

さすが中学生の聖地だけあって、原宿には同じ年頃の学生がわらわら大勢いた。美智子も目をきらきらさせている。

「原宿は13時までだけど、クレープ屋さんは行列できてるからハンバーガー屋さんにしようかな」

「少しくらいなら、遅れてもいいぞ」

「そうはいかないわ。カオルの目的地に行けるのは、今日だけかもしれないもの」

美智子と並んで歩いて、小さな広場を通り過ぎた。

人だかりの中からバイオリンの音色が聞こえてくる。

「うわあ、上手。ちょっと聴いていっていい？」

返事をするより早く、美智子は人垣をかき分けていく。ぼくは美智子の後に続く。

人の壁を半分抜けたら、ようやく演奏者が見えた。

演奏中の少女の、銀色のショートヘアが太陽の光を反射して、きらきら光っている。

カラフルなマントにすっぽり覆われ、その下から細い脚が出ている。

「ポンチョを着ているから、コンセプトは中南米のインディオの先住民の娘かしら。曲はアルゼンチン・タンゴ。たぶんピアソラだし」と美智子が小声で言う。

もの悲しげな旋律を聴いていたら、胸が痛くなる。隣の女の子たちが囁《ささや》いた。

――〈ニンフ〉の路上ライブを見られるなんて、今日はラッキーね。

「〈ニンフ〉ってギリシャ神話に出てくる、美少女の妖精《ようせい》よ」と美智子が小声で言う。

改めて少女を見る。

目が大きくて睫毛《まつげ》が長い。鼻筋は通っていて唇はきりりと薄い。

ラメ入りの口紅とマスカラが、演奏で身体が揺れるたびにキラキラ光る。

〈ニンフ〉は誰の顔も見ずに、演奏に集中していた。軽やかにステップを踏むたびに、カラフルな民族衣装の裾《すそ》がひらひら揺れる。

頭を左右に振ると、弓がしなり銀色の髪から光がこぼれる。

その時、〈ニンフ〉がぼくを見た。いや、見た気がした。

自意識過剰かなと思ったけど、その後2度、3度と視線がぶつかった。

2曲目を弾き終えると、弧を描いた弓が〈ニンフ〉の胸に納まる。

「ニン、ニン」というコールが沸きあがる。銀髪の〈ニンフ〉は両手を挙げ声に応《こた》えると、再び弓を構え、一気に弾き始める。

ぼくも知っている有名な「ツィゴイネルワイゼン」だ。

美しいメロディに周囲の人たちも酔いしれ、頭を揺する。

でも、何かヘンだ。〈ニンフ〉の演奏に目を凝らしたぼくは、ようやく違和感の理由に気がついた。周囲の人を見回したけれど、誰も気がついていないようだ。

どういうことだ？　なぜ聴いている人たちは気がつかないんだろう。

その時、背後で怒声が響いた。

「何をしている。無許可のパフォーマンスは禁止だぞ。演奏者はきなさい」

「ヤバ」と言って〈ニンフ〉は、バイオリンを背に負うとしゃがんだ姿勢でぼくをめがけて突進してきた。そしてぼくの腕を摑《つか》むと「一緒に来て」と耳元で囁いた。

〈ニンフ〉は走り出す。ぼくたちの前でモーセが海を渡る時みたいに人垣が割れた。

「待ちなさい」という警備員の声と、「どこに行くのよ、カオル」という美智子の声が背後で重なる。ぼくは手を引かれるまま、人混みを駆け抜ける。

近くの公園の木陰に来ると、〈ニンフ〉は、ぼくの腕を摑んでいた手を離した。

カラフルなマントを脱ぎ捨て、銀髪をむしり取る。ウィッグの下から亜麻色の長い髪が現れた。ウェットシートで顔をひとぬぐいして眼鏡を掛けると、たちまち地味な女の子に早変わり。

派手なパフォーマーは消えて、制服姿の女学生が現れた。

バイオリンと脱ぎ捨てたマントを、木陰に隠してあった黒いケースに納める。

小児用のバイオリンは、小さな鞄《かばん》にすっぽり納まった。

「さ、行くわよ」と言い〈ニンフ〉は、逃げてきた方向に逆戻りして歩き出す。

その傍らを「待て、どこへ行った」ときょろきょろしている警備員が通り過ぎる。

「まさか、こんなところで有名人にお目に掛かれるなんて思わなかったわ」

低くハスキーな声。言葉遣いは大人びていて、年上かな、と思う。

「有名人ってぼくのこと？　ぼくはただの中学生だよ」

われながら妙な言い方だけど、他に言いようがない。

すると〈ニンフ〉は、にっと笑う。

「そんなことないわ。あんたはウソ論文を書いて大恥をかいた桜宮のスーパースター、ウルトラスーパー中学生医学生の曾根崎薫《かおる》クンでしょ？」

いきなり心臓をわしづかみにされたみたいに、みぞおちが、ぎゅん、と痛む。

「あんな恥を晒《さら》して、よくのうのうと町を歩けるわね。ほらほら、保護者気取りの女がやって来たわよ」

〈ニンフ〉はそう言うと、亜麻色の髪をかき上げた。

ぼくは、立ち去ろうとした彼女の肩に「待てよ」と手を掛けた。

華奢《きゃしゃ》な身体がびくん、と震え、「触らないで」と言うと、ぼくの手を荒々しく払いのけた。

地味な女学生は人混みに消え、息を切らした美智子が駆け寄ってきた。

「あの子は誰？　知り合いなの？」

「ぼくは知らない。でもあっちはぼくのことを知ってた……」

「なんなの、あの女。公園の管理人さんも怒ってたわ。無許可演奏の常習犯ですって。大道芸人は許可を取らないと、パフォーマンスしてはいけないルールなんだそうよ。ねえ、カオル、あの子に何か言われた？　顔色が悪いわよ」

メトロに乗った美智子はまくし立てる。

額を撫《な》でると、じっとりとした脂汗が掌《てのひら》についた。

——あんな恥を晒して、よくのうのうと町を歩けるわね。

その言葉はあの時の気持ちを甦《よみがえ》らせ、古い傷跡から血が噴き出る気がした。

出会いは偶然だけど運命は必然だ。

だとしたら、この運命は何を意味しているのだろう。

「さっきの演奏はどうだった？」と話を変え、美智子に訊《たず》ねる。

美智子は考え込む。

個人的反感と芸術的評価をごっちゃにしないよう、努めているようだ。

「そおねえ。ツィゴイネルワイゼンは難曲なのに、あっさり弾きこなすなんてただ者じゃない。しかも小児用のバイオリンだった。癪《しゃく》に障るくらい上手で、リズム感も素晴らしかったわ」

「なあ、バイオリンって弓なしで弾けるのか？」

すると美智子は、心底呆《あき》れた、という顔でぼくを見た。

「カオルっておバカなの？　バイオリンはボディとネックの間に張った4本の弦の、E線、A線、D線、G線を左手の指で押さえることで、音の高さが決まるの。有名なバッハの『G線上のアリア』はG線だけで演奏するからそう呼ばれてる。その弦を馬の尻尾《しっぽ》の毛の弓で擦《こす》って音を出すんだから、弓なしで弾けるわけないでしょ。実はあたし、昔ちょっと習ったことがあるけど、音を出すだけでも相当大変なのよ」

ぼくは何も言えなくなった。でもどう説明すればよかったのだろう。

最後の曲を演奏していた時、〈ニンフ〉は弓を手にしていなかった、だなんて。

∴

原宿からメトロで20分で目的地の笹月《ささつき》駅に着いた。

東京都23区内だけど一駅越えれば神奈川県。修学旅行の自由行動としてはギリ範囲内だ。エスカレーターで地上に出ると、駅前のロータリーにはタクシーが1台だけ、客待ちしていた。向かいに3階建ての大型スーパーがある。

10分歩くと市民球場がある公園が見えてきた。側に蔦《つた》が絡まっている建物がある。

入口の金属製の看板に「セント・マリアクリニック」とある。

とうとう来てしまった。

唾《つば》を飲み込み、立ちすくむ。

「カオル、大丈夫？」と美智子が小声で言う。

サイレンの音を響かせ救急車が、目の前の建物に吸い込まれていく。

ぼくたちもクリニックに入ると、白衣姿の男性が出てきて、患者さんを手早く診た。

そして「破水しているから、分娩《ぶんべん》室へ運んで」と落ち着いた声で指示した。

患者のストレッチャーと共に救急隊員と看護師さんが姿を消す。

残った白衣姿の男性はぼくたちを見て、「ご家族ですか？」と訊ねた。

するとドアの陰に佇《たたず》んでいた女医さんが言った。

「その子たちは修学旅行の自由行動班の子たちだと思います。私が受け入れました」

「それなら理恵《りえ》さんに任せる。自然分娩になるよう、できるだけ努力するよ」

「わかりました。カイザー（帝王切開）になりそうでしたら、すぐに入ります」

白衣姿の男性は姿を消すと、後に長い髪の白衣姿の女医さんが残った。

「三田村君と進藤さんね。セント・マリアクリニックにようこそ。私が副院長の山咲理恵です」

お前の名前を勝手に使って悪い、許してくれよ、三田村、と心の中で謝りながら、目の前の女医さんをまじまじと見た。

この女性と会うために、ぼくははるばる、ここまでやって来たのだ。

「さっきの方は院長先生ですか？」と美智子が訊ねる。

「ええ、クリニックの先代院長、三枝茉莉亜《さえぐさまりあ》先生のご子息で帝華大の先輩です。長い間、北海道の極北《きよくほく》市民病院にお勤めされ、最近戻られました。『東京の産婦人科医療』というテーマについて話を聞きたいということだけど、中学生なのに専門的なテーマを選んだのね」

「女性として、この国の産婦人科医療の実状を知りたいと思いまして」

すかさず美智子が言う。しみじみ美智子が一緒でよかったと思う。ぼくひとりだったらしどろもどろになっていただろう。

でもぼくも負けじと、聞きかじりの知識を披露する。

「そうなんです。桜宮の東城大も大変で、救急医療センターが潰《つぶ》れちゃったんです」

理恵先生は、ふい、と視線を外すと、院長先生が姿を消したドアを見た。

「どうやら大丈夫そうだから母屋へどうぞ。お茶とお菓子もあります」

病院を出て中庭を抜ける途中、硝子張《ガラスば》りの温室が見えた。

「亜熱帯植物が多いですね」と「ヤバダー」フリークのぼくが言う。

「ここの植物は昔、地球の裏側の国から運ばれてきたの。今ならワシントン条約で違法になるんでしょうけど」

応接室で菓子と紅茶を出してもらったけど、胸がいっぱいで食べられそうにない。

インタビューは美智子の独壇場だった。美智子が山のように準備した鋭い質問に理恵先生はすらすら答えた。おかげで質問はたちまち底をついた。

理恵先生は、微笑して訊ねる。

「他に何か質問はあるかしら」

美智子は首を横に振る。ぼくは一番聞きたい質問が残っていたけれど、いざ本人を前にしたら、とても聞けそうにない。

美智子もぼくの気持ちを察したらしく、おそるおそる言う。

「これでいいの、そね……、そうね、三田村君は？」

ぼくがうなずくと、理恵先生は、ぼくの顔をじっと見つめた。

「今の中学生はしっかりしているわね。私にも中学生の娘がいるけど、ふわふわしていて頼りないの。少しはあなたたちを見倣ってほしいわ。それと、三田村君の声はどこかで聞いたことがある気がするわ。なんだかとっても懐かしい感じ」

「奇遇ですね。ぼくも先生と初めて会ったような気がしません」とぼくは言う。

応接室を出ようとしたら、玄関のドアベルがカランコロンと鳴った。

「ウワサをすればなんとやら、うちの子が帰ってきたわ。忍《しのぶ》、こちらへいらっしゃい」

「はあい」という返事と共に応接間のドアが開く。

制服姿の小柄な女の子が目の前にいた。

その顔を見て心臓が止まるくらいびっくりした。でも、あっちの方がびっくり度は高かったに違いない。ぼくと少女は見つめ合い、固まって動けなくなった。

そんなぼくと少女を、隣で美智子が怪訝《けげん》そうな顔で見ている。

「どうしたの、かお、ううん、その顔は。三田村君」

美智子は変身後の彼女を見ていないんだ、と気づいたぼくは、あわてて言い繕う。

「はじめまして、三田村といいます。桜宮中3年で、今日は修学旅行の自由行動で、セント・マリアクリニックの見学にきました」

おそろしいほどの棒読みに、少女は、ぴくり、と細い眉《まゆ》を上げる。

「三田村、クン、ですって？」

「そ、そう。ぼくの名前は三田村なんです。帝華大医学部をめざし猛勉強中の……」

「あら、それなら私の後輩になるかもしれないわね。桜宮の東城大の卒業生だけど、卒後は帝華大の産婦人科学教室に入局したのよ」

理恵先生が言うと、少女がさりげなく言った。

「ママ、この人たちとお話ししたいわ。お部屋にお連れしてもいい？」

「忍が他人を部屋に入れるなんて珍しいわね。この方たちがよければいいけど」

ぼくは一瞬悩んだけど、うなずいた。こうなったら、毒食らわば皿まで、だ。

隣で美智子が怪訝そうな表情のまま、「あまり時間がないけど」と小声で言う。

「時間は取らないから大丈夫」と大人びた口調で、制服姿の地味少女は言った。

2階に二つの扉が向かい合っている。ぼくと美智子は片方の部屋に招き入れられた。

扉を閉めた地味少女は、被《かぶ》っていた猫の皮をいきなり脱ぎ捨てる。

「一体どういうつもりなの？　曾根崎薫クン」

え？　と美智子がぽかんと口を開け、ぼくと少女を交互に見た。

少女はにっと笑うと、鞄《かばん》から銀髪ウィッグを取り出し頭に被る。

「あんたはさっきの！」

「しっ、声がデカい」と言って口を塞《ふさ》いだ〈ニンフ〉の手を、美智子は振り払う。

「どういうこと？　なんであんたがカオルの本名を知っているの？」

「人の家を訪問したら、まずはこちらの質問に答えるのが礼儀じゃない？」

「わかった。そっちは何を聞きたいの？」

「どうして曾根崎クンは、偽名を名乗っているのかな」

それは話せば長いことながら……。ぼくは説明ができずに途方にくれていたら、隣の美智子はあっさりひと言で答えた。

「理恵先生に素性を知られたくなかったからに決まってるでしょ。離婚してこれまで一度も会ったことのない自分の子どもがいきなり訪ねてきたら、ビックリするもの」

「それってママへの思いやりじゃなくて、自分の都合にしか見えないけど」

断じてそんなことはない……はずなんだけど、反論ができない。

「納得できるかどうかはともかく、そっちの質問には答えたわ。次はこっちの番よ。あんたが原宿で大道芸をやってること、あんたのママは知ってるの？」

「知ってるワケないでしょ。あたしが通っている中高一貫の女子校の校則にモロ違反、一発退学モノなんだから。さ、今度はこっちの番よ」

その時、ノックの音がした。あわててウィッグを外した忍がドアを細めに開けると、理恵先生の笑顔が見えた。

「帝切に呼ばれちゃったので、おふたりにご挨拶《あいさつ》しようと思って。今日は来てくれてありがとう。忍もいろいろ教わりなさい。あと、塾には遅れないようにね」

扉が閉まり、とんとん、と階段を降りる軽やかな足音が遠ざかる。

忍はどさっと椅子に座ると、ウィッグを手で弄《もてあそ》びながら言う。

「なんか気が抜けちゃった。もう、いいわ」

「じゃあ今度はぼくの質問に答えろ。お前はいつ、ぼくのことを知ったんだ？」

「去年の夏よ。双子の片割れのお兄様が桜宮でママのママ、つまりおばあちゃんの家にいると聞いた途端、偶然お兄様が出たテレビ番組を見た。ほんとがっかり。死んで、と思ったけど、ゴキブリにも生きる権利はあるもの」

え？　おばあちゃん？　ぼくは呆然《ぼうぜん》とした。

そのせいで、隣で美智子が、何か言い返しなさいよ、と肘《ひじ》で脇腹をついたけど、何も言い返せなくなってしまった。

　忍は容赦なく続ける。

「でも今日、見物人の中にあんたの顔を見つけた時には、さすがにびっくりしたわ。おかげで演奏はめちゃくちゃ。あんたって、あたしの疫病神よ」

　頭にかっと血が上り、頬が熱くなる。あの番組のことは、今でもトラウマだ。

「別にぼくだって、出たくて出たんじゃない」と小声で言い訳する。

　でも忍はぼくの言葉なんて聞いちゃいなくて、滔々《とうとう》と続けた。

「三枝先生がお見えになって少し落ち着いたけど、それまでママは毎日地獄のように忙しくて、あたしはいつもほったらかしだった。あたしはネグレクトの被害者なのよ。さ、話は済んだわ。もう二度とここに来ないで。あんたたちは修学旅行の最中でしょ。早く戻らないと集合時間に間に合わなくなるわよ」

「あんたは今から塾に行くんでしょ」と美智子が言うと、忍は笑う。

「は、私は塾になんて行く必要はないの。勉強しなくても成績はいつもトップクラスなんだから。一応塾に通っていることにしてあるけど、これから行くのはお子さま厳禁、大人の世界よ。わかったらさっさと帰って」

とげとげしい言葉にむっとした美智子をなだめて、言う。

「お前は先に帰れ。ぼくはもう少し、コイツと話したい」

「何を言ってるの、カオル。集合時間は8時だから間に合わなくなっちゃうよ」

「そこはうまく誤魔化してくれ。悪いけど、これは美智子にしか頼めないんだ」

「まあ、お兄様ったら勇敢ね。でも、私についていて来られるかしら」と忍が茶化す。

ぼくと忍の顔を交互に見ていた美智子は、ため息をついた。

「わかった。できるだけ早く戻ってね」

美智子はじろりと忍をにらみつけると、部屋を出た。どしん、どしん、と足音高く響かせて、階段を降りていった。

いかん、超絶ご立腹だ。

すると忍は、そんなぼくの怯《おび》えた顔を面白そうに見ながら、言う。

「それじゃあ出掛けるわよ。覚悟はいいかしら、お兄さま」

6章

4月19日（水）

宇宙空間に浮かぶ、
満月が見る夢を見る。

笹月駅から二駅目の北条駅《ほうじょう》の、駅前繁華街は間口の狭い青果店や鮮魚店が軒を並べている。駅から5分で、「能力開発進学塾」という看板が見えた。

「この塾では模試しか受けていないんだけど、私はいつも成績優秀者だから、ママは勝手に、あたしがちゃんと通っていると思い込んでいるわけ」

塾の向かいはハンバーガーのチェーン店。隣の建物の店先に大鍋《おおなべ》がぶらさがっていて、木の板の看板に「どん底《ぞこ》」と書いてある。

その下に外国語が書いてあるけど、英語ではないので、ぼくには読めない。

建物の地下への階段を2、3段降りると忍は振り返り、ぼくを見上げる。

「この店に来たことがバレたら停学どころか、退学ものよ。それでも来る?」

一瞬ビビったけど、初めて会った妹にバカにされたままでは兄の沽券《こけん》に関わるので、

「退学くらいどうってことないさ」と強がった。

忍は、とん、とん、と軽やかに地下に降り、黒い木製の扉を押し開けた。

どろりとした空気が流れ出す。

忍に続いて店に足を踏み入れた。暗い店内にジャズが流れている。

カウンターの後ろにウイスキーのボトルがずらりと並ぶ。お客さんは2人。

太った女性がカウンターにでんと座っていた。

どんよりした空気を雷のような声が破る。

「シノブ、また遅刻かい。やる気がないなら、こっちは無理して演奏してもらわなくてもいいんだよ」

「ごめんね、ビッグママ。ちょっとややこしいのに引っかかっちゃって」

アラフォーかアラフィフかアラカン。要するに年齢不詳のおデブなおばさん、としかいいようのない、派手なバンダナをしたビッグママはぼくをじろりと見た。

「これはまた、妙ちくりんなタイプを引っ張ってきたね。どれ、顔をお見せ」

ビッグママはぼくの頬を分厚い両手で挟んで、顔を上向けさせた。

「ふうん、ええかっこしいのへなちょこ坊が調子に乗ってえらい目に遭って、いじけ気味、か。シノブ、こんな半端もん、どこで拾ってきたんだい？」

カウンター席に座った忍は、オレンジジュースをストローですすりながら言う。

「そいつ、あたしのお兄ちゃんなの」

「ははあ、この子が生き別れの双子の片割れか。確かにあんたに似てるわ」

「冗談でしょ。そんなはずないわ。コイツとはパパが違うかもしれないんだから」

なんだって？

二卵性双生児なのに、ぼくとパパが違うなんて、一体どういうことなんだ？

混乱したぼくの様子を見て、忍はため息をついた。

「本当にお兄様ってば、何も知らないのね。その点、あのひとは革命的だわ。あたしが中2の時、もう大人だからってなにからなにまで全部話してくれたもの」

「ぼくとお前は兄妹《きょうだい》じゃないのか？」

「そのあたりの詳しいことは、いつか話す機会があるかもしれないわね」

「お前は二度と家に来るなと言ったから、そんな機会はもうないだろ」

「家には来てほしくないけど、本当のママに会いたいからあたしが桜宮に行くわ」

「何言ってるんだよ。お前は本当のママと一緒に暮らしているじゃないか」

「確かに今、一緒に暮らしている山咲理恵さんがあたしの生物学的なママであることは間違いない。でもあたしを産んでくれたママは他にいるの」

何なんだ、コイツ？　更に問いただそうとした時、ビッグママが言った。

「はいはい、兄妹の感動のご対面は後にしておくれ。シノブ、出番だよ」

忍は鞄《かばん》から化粧道具を取り出し、手鏡を覗《のぞ》きマスカラを塗り口紅を引いた。

銀色のウィッグをかぶると、たちまち派手な顔立ちの〈ニンフ〉が現れた。

バイオリンを手に、店の隅の小さなステージに上がる。ステージといっても周囲より少し高く、マイクが1本ぶっきらぼうに立っているだけのシンプルなものだ。

〈ニンフ〉に細いスポットライトが当たる。ぼくはビッグママに訊《たず》ねる。

「彼女、弓を忘れているけど」

「何も知らないんだね。あの娘は〈ボウレス・ニンフ〉と呼ばれているんだよ」

〈ボウレス・ニンフ〉、無弓妖精。やっぱり昼間見た光景は本物だったんだ。

「常連にしか見せないのが不満らしくて、最近は大道芸人みたいにあちこちで演奏してるらしい。あの子は自分が特別だってことをわかってない。あぶなっかしいったらありゃしない」

ぼくはあやうく、昼間見たことを告げ口しそうになったけど、かろうじて我慢した。

ステージ上の忍は、BGMに合わせて演奏していた。もちろんバイオリンの音は聞こえない。

ところがその身振りを見た途端、メロディが頭の中に流れ始めた。左右を見回したけど、バイオリンを弾いている人はいない。呆然《ぼうぜん》と〈無弓妖精《ボウレス・ニンフ》〉の演奏を見つめた。

「演奏を見つめた」なんて変な表現だけど、他に言いようがないから仕方がない。

ぼくは彼女の演奏を聴かずに、彼女の踊りを見ているだけなのだから。

そんなぼくに、大学生くらいの黒服のバーテンダーさんが声を掛けてきた。

「君は少しお喋《しゃべ》りだね。この前の騒動では、アッシに火消しをしてもらったようだが」

いきなり二つも三つも同時に核心を突かれてびっくりする。

「この前の騒動」と「アッシ」と「火消し」というのは、相当事情に詳しい人じゃないと言えない表現だ。

　取りあえず最大のスペシャルワード「アッシ」について質問してみた。

「あなたは元ウルトラスーパー高校生医学生の佐々木さんをご存じなんですか？」

「そんな肩書きになったとは、あいつも出世したもんだ。ハイパーマン・バッカスに夢中で、『であります』が口癖のガキんちょだったんだが」

　がーん。あの佐々木さんがバッカス・ファンだったなんて知らなかった。

「あいつはまだ岬の〈光塔《ミナレット》〉に住んでいるのか」

「『未来医学探究センター』に住んでいるらしいです。行ったことはないですけど」

「そこが〈光塔《ミナレット》〉だ。因縁と怨念《おんねん》の場に住み続けるのはキツいだろうに。まあ、今度会ったらよろしく伝えてくれ」と黒服のバーテンダーさんは微笑した。

「もちろんです。お伝えするので、お名前を教えてください」

「牧村瑞人《まきむらみずと》」とバーテンダーさんは答えた。その時、ビッグママが言葉を掛けた。

「今日は休憩なしで第2部に行くからね。SAYO、出番だよ」

　その時ぼくは初めて、カウンターの片隅に長いドレス姿の女性がひっそり座っているのに気がついた。

　青いロング・カクテルを飲み干し、立ち上がる。ドレスも海の底のように深い蒼《あお》だ。

細身の身体で、すい、とステージに立つと、マイクを手にした。

次の瞬間、細く澄んだ声が、天上から降ってきた。

♪ボンクラボヤは眠るよ　深い海の底、眠るよ
あなたは眠るよ　私の胸の中で眠るよ♪

「この歌、知ってます。桜宮発の大ヒット曲、『ボンクラボヤの子守唄《こもりうた》』ですよね」

「しっ。目を瞑《つぶ》って聞いてごらん」

ビッグママに言われて目を閉じる。2番が始まる。

深海の底で金色のマリモが、ゆらゆら揺れている光景が浮かび、思わず目を擦《こす》る。

薄暗いジャズバーの店内が、たちまち海藻が揺れる光景に上書きされ、深い海の底に連れていかれてしまう。

無弓妖精のバイオリンの音色と、目の前に立ち上る海底の光景に包まれて、ぼくはしばし、宇宙空間にぽっかりと浮かんだ、満月が見るような夢を見ていた。

まばらな拍手に我に返る。〈無弓妖精《ボウレス・ニンフ》〉が隣に座り、ウィッグを外した。それから、ウェットティッシュで顔をぬぐう。たちまち地味な優等生の忍に戻る。

「これが『どん底』のライブさ。いい土産になっただろ？」とビッグママが言う。

「でも修学旅行の集合時間は夜8時らしいから、もう間に合わないわ。だからやめておけばよかったのに」と忍がにっと笑う。

時計を見ると7時半。30分でホテルに戻るのは不可能だ。

青ざめたぼくを、楽しそうに眺めた忍に、ビッグママが言う。

「シノブ、あんたもあさはかな子だね。お兄さまのトラブルはあんたに飛び火するよ。学校の先生はこの子が見学に行った先に連絡して、あんたのママは塾に連絡する。その先はどうなるかねえ」

「どうしよう、そうなったらあたしは破滅だわ」と忍はうろたえ始めた。

ぼくは忍以上におののいて「どうすればいいんですか。助けてください」と震え声で言う。

「……だってさ。どうするよ、SAYO？」

「4Sエージェンシーに頼むしかないわね。依頼を受けるかどうかはボス次第だけど」

SAYOさんはそう言うと、カウンターの黒サングラスの牧村さんを見た。

牧村さんは、ことり、とグラスを置いて、顔を上げる。

「アッシの子分だから助けてやるよ。SAYOさん、ソイツを宿まで送ってやって」

「了解しました。ついていらっしゃい。しのぶちゃんも一緒よ」

「なんであたしが……」

「こんなことになったのも、あなたの意地悪のせいだから」

穏やかな口調だけど、SAYOさんの言葉には有無を言わせない迫力があった。

少し離れた駐車場に、青いシボレーが停まっていた。SAYOさんが電子キーを押すと、特別仕様車のガルウイングが開く。乗り込みながら訊ねる。

「さっきカクテルを飲んでいましたよね。運転して大丈夫なんですか？」

「あれはノンアルコール。ステージ前は飲まないの。シートベルトを締めて。時間がないから、飛ばすわよ」

ガルウイングが閉まるや否や、エンジン音が響く。SAYOさんがアクセルを踏むと、青いシボレーは放たれた矢のように駐車場を飛び出した。

裏路地を、車体を両脇に擦りながら方向転換し急ブレーキ。タイヤがギャギャッときしむ。

後部座席のぼくと忍の身体は左右に倒れ、忍が上に被《かぶ》さったかと思うとぼくが忍の上に乗り上げる。

触らないで、お前こそ、よりかかるな、どうにもならないわよ、こっちもだ。

後部座席の阿鼻《あび》叫喚の中、ハンドルを握るSAYOさんは鼻歌を歌う。

「いいお月さま」という呟《つぶや》きが聞こえた。

ぼくと忍は横倒しになり上を下になり、しっちゃかめっちゃかになりながら、糸のように細い三日月がフロントガラスに突き刺さっているのを見た。

シボレーが浅草の旅館の前に停車した時、時刻は7時55分。

ぼくと忍は車の後部座席から転げ出る。

ぼくがお礼を言うと「今夜は貸しよ。今度、返してもらうからね」と忍が言い放つ。

「あら、これは4Sエージェンシーへの未払い債務で、しのぶちゃんは連帯保証人よ」

SAYOさんのひと言に、忍は黙り込む。

「お目に掛かれて、瑞人さんも喜んでいたわ。さあ、お礼はいいから早く行きなさい」

旅館に駆け込んで部屋に飛び込むと、美智子、ヘラ沼、三田村の3人が息を潜めていた。よろめきながら部屋に入ったぼくは、畳の上にごろりと横たわる。

「美智子、いろいろありがとう。説明は後で。とりあえずひと休みさせてくれ」

天井を見上げると、その日に見たことが浮かんでぐるぐる回り出す。

気がつくとぼくは、気絶したように眠りに落ちていたらしい。

身体を揺すられ、目が覚めた。美智子の顔が真上から覗《のぞ》き込んでいる。

「自由時間が終わるから、女子の部屋に戻るわ。あとは三田村君や平沼君と口裏を合わせておいてね」

ぼくは身体を起こすと、「今日は本当に助かったよ」と美智子に頭を下げる。

「別にいいわよ。明日《あした》、帰りの新幹線の中で詳しく説明してもらうから」

∴

翌朝。楽しかった（？）修学旅行は終わり、その帰り道。

新幹線の4人掛けボックスに座ったG班のメンバーに、昨日の出来事を説明した。

「というわけでSAYOさんという歌手に特注のシボレーで送ってもらったんだ」

「ウソだろ。笹月＝浅草間は直線距離で20キロ、道は曲がりくねっていて実際の走行距離は2倍以上、15分なら平均時速160キロ以上、下道では絶対ありえねえ」

ふははは、世の中には人知を超えた事態というのがあるのだよ、ヘラ沼クン。

新幹線はぼくのホラ話（と他の3人が思っている、正確には2人の男子は全部ホラだと信じ、ひとりの女子は半分がホラだと思っている）に耳を傾けている仲間を乗せ、一路桜宮に向かう。

桜宮駅に到着する直前、ぼくたちの携帯のアラームが一斉に鳴り始めた。

「あ、佐々木さんから、LINE緊急連絡だ」

――「たまご」、孵化《ふか》近し。


ぼくたちが顔を見合わせる中、のんびりした車内アナウンスが流れる。

「桜宮中学3年のみなさま、列車は間もなく終点、桜宮に到着します」

桜宮駅前で修学旅行一行が解散すると、ぼくたちは改札を飛び出てロータリーへ走る。でも目の前でバスは発車してしまい、間に合わなかった。

「タクシーを使いましょう」とポニーテールを揺らしながら、美智子が言う。

「それは校則違反です」と三田村がおそるおそる言う。

「登下校にタクシーは使わないように、というのが校則よ。今は登下校時じゃないわ」

優等生の美智子が断言する。

タクシーはのろのろ走った。後で思えばごく普通の運転だったけど、前夜にスピードスターの運転を経験していたので、そんな風に感じたのだろう。

海岸線の波乗《なみの》りハイウェイを通り15分で平沼製作所に到着した。リュックを背負ったぼくたちは、裏山の小径《こみち》を急ぐ。秘密基地では佐々木さんが待ち構えていた。

「昼過ぎ、『たまご』が光り出したが2時間ほど変化がない。孵化は時間がかかることも多く、下手すると数日かかるかもしれないから、ひとまずここで一休みしてろ」

佐々木さんの指示に従い、部屋に荷物を下ろすと、どっと疲れた。

「お前たちが東京見物している間、食物を集めておいた。お前たちも食べておけ」

ぼくたちはおやつを食べて水分補給すると、一斉に立ち上がる。

佐々木さんに続いて洞穴の奥へ進む。足元の水流が増えた気がする。黄色いロープは泥まみれだ。誰もいじっていないはずなのに、なぜこんなに汚れるんだろう。

洞穴の奥がぼんやり光り始める。やがてゴールに到着したぼくたちは息を呑《の》む。

「たまご」が光っていた。

その光は時に強く、時に弱まり、鼓動のようにゆっくり明滅を繰り返し、周囲のヒカリゴケが同調する。

佐々木さんが、ぽん、と三田村の肩を叩《たた》く。

「お爺《じい》さんに借りた観察カメラにビデオを接続してある。だからすぐに論文を書けるだろう」

「『ネイチャー』に投稿するんですね」と三田村が声を潜めて言う。

「君たちが望むならね。もちろん論文の執筆は手伝ってやるよ」

「佐々木さんの論文にしていいです。私たちは論文を書けませんから、名前だけでも載せてもらえれば嬉《うれ》しいです」

「論文筆頭者はカオルでセカンドは三田村君だ。でないとリベンジにならないだろ？」

胸が熱くなる。

この人はなぜ、ぼくたちに、ここまでよくしてくれるんだろう。

そう思った時、「どん底」でのライブの光景と共に牧村さんの伝言を思い出す。

——今度会ったらよろしく伝えてくれ。

「実はぼく、東京で佐々木さんの知り合いに会ったんです。その人は……」

言いかけた途中で、「たまご」の光が一層強くなり、続いて緑、赤、黄、青と色変わりしながら明滅を始めた。

ぼくたちは息を呑んだ。やがて再び白光に戻ると、「たまご」の中にうっすら影が見えた。頭が下で逆さまに身体を丸めた胎児は透き通り、心臓の鼓動も見える。

「もう生まれるかしら」と美智子が小声で訊《たず》ねると、佐々木さんは首を振る。

「ここからどのくらいかかるか見当がつかない。俺は夜通し詰めるから君たちは帰れ」

「いやです。私たちも付き添います。明日は修学旅行の代休ですから」

「ダメだ。家に帰れ」

「いやです」「やだ」「やなこった」「絶対に拒否します」

4人同時にノーを表明する。佐々木さんは困り顔で腕組みをした。

「とにかく一度家に帰り、家の人の許可をもらって来い」

「それなら俺の家に泊まることにすればいいさ。父ちゃんはノーとは言わないから」

ヘラ沼が胸を叩くと、佐々木さんもうなずく。

「それならいいだろう。平沼君のお父さんのＯＫが出なかったら泊まりはナシだ」

佐々木さんはできるだけぼくたちの気持ちを汲《く》んでくれようとしているようだ。

こうなると、一刻も早く家に帰り、身支度しなければ、と気が急《せ》いた。

平介小父《おじ》さんは「そんな貴重なチャンスをみすみす逃してはいけないよ」と言って、ぼく、三田村、美智子の3人を、車で家まで送ってくれた。

「私は町で用事があるから、それを済ませて1時間後にピックアップする。それまでにお泊まりの支度をしておきなさい」

ぼくたち3人がぺこぺこ頭を下げると、なぜかヘラ沼が「いいってことよ」と偉そうに言う。

ぼくは家に帰ると、ただいまという挨拶《あいさつ》もそこそこに、着替えセットを入れ替える。

「まあ、カオルちゃん、こんな遅い時間にどこへ行くの？」

「自由行動G班のメンバーは今夜、ヘラ沼の家にお泊まりすることになったんだ」

「あら、残念。今夜はカオルちゃんの好物のカレーにしたのに」

刺激的な匂いに、無節操な腹の虫がぐう、と鳴く。

「せっかくだから、少し食べていこうかな」と意志薄弱なぼくは言う。

カレーを皿によそう山咲さんを見ながら、忍が言っていたことを思い出す。

——あたしにも、本当のママと会う権利はあるのよ。

ぼくは、出しっ放しになっていた葉書を読んでいた。

だから、山咲さんがおばあちゃんだということはうすうすわかっていた。

差出人は曾根崎理恵さん。書いてあった住所を急いで書き写した。

その頃ぼくは東城大でとんでもない目に遭っていて、その葉書について訊ねる余裕がなく、トラブルのケリがついた時には質問するきっかけをなくしていた。

文章の内容から、曾根崎理恵さんがお母さんで、山咲さんはお母さんのお母さん、つまりおばあちゃんだと直感した。

葉書の住所を入力して、ネットのマップで眺めていたら、いつかクリニックを訪ねたいという気持ちが、真夏の入道雲のようにむくむくわき上がり始めた。そんな時、修学旅行2日目に自由行動時間があると知りホームページを調べた。

セント・マリアクリニックの敷地内に家があって、今は病院に勤める産婦人科医で山咲理恵という名前だということもわかった。

シッターの山咲さんと同じ名字。今夜山咲さんとふたりきりで晩ご飯を食べ、いろいろ聞かれたら何を言い出してしまうか、自分でもわからなかった。

だからこの騒動が重なったのは、ぼくにとっては幸いだったのかもしれない。

——桜宮で、ママに会いたい。

銀髪の〈無弓妖精《ボウレス・ニンフ》〉の声が、聞こえた気がした。

かっきり1時間後、インタホンが鳴り、平介小父さんの顔が画面に映った。

「まあまあ、平沼さん、今夜はお世話になります。よろしくお願いします」

山咲さんがモニタに向かってぺこぺこお辞儀をしている横を通り抜け、リュックを背負ったぼくは家を飛び出した。

車の助手席には美智子が、小さな鞄《かばん》を抱いてちょこんと座っている。

「家から出してもらえなくなるところだった。うちの両親は過保護なんだから」

「仕方ないさ。美智子は女の子なんだから」

「それってジェンダー差別よ」と美智子は頬を膨らませる。

どうしてコイツは、そんな難しい言葉を自由自在に使いこなせるのだろう。

通訳になりたい、と言ってたけど、ジャーナリストやキャスターの方が向いている。

三田村医院に到着すると、今度は三田村のお母さんが玄関に出て来て、ぺこぺこと平介小父さんに頭を下げる。大人はなんでみんな、あんな風にぺこぺこするんだろう。

三田村はポケットがたくさんあるベストを着て、ポケットがたくさんあるズボンを穿《は》いて車に乗り込んできた。釣り番組に出ている釣り人の恰好《かっこう》みたいだ。

「三田村博士は夜釣りに行くのかな」と茶化すと、三田村は大真面目に言う。

「私はこれから世紀の大発見を釣り上げるんです」

三田村の意気込みがひしひしと伝わってくる。

三田村のお母さんとの長い挨拶を終えた平介小父さんが車に戻って来た。

「ではみんな、いざ、出発しよう」

「オゥ・ヤー」と、期せずして後部座席の3人の声が揃う。

夜闇の中、車は走り出す。

空に月はない。今宵は新月、しかも大潮だ。

大好きな生物番組「ヤバいぜ、ダーウィン」、通称「ヤバダー」では、新月で大潮の夜には海洋生物は産卵したり、孵化《ふか》したりすることが多い。

そんなことを思い出したぼくは、これから起こる大騒動を予感した。


夜9時過ぎ。

中学生の4人組と元スーパー高校生医学生の佐々木さんの5人は、秘密基地にいた。

「たまご」はうっすら白く光り続けていたので、一時もモニタから目を離せない。

「なんだか修学旅行の続きみたいね」と美智子が言う。

ぼくは自由行動の後、爆睡してしまったので、修学旅行の夜は一晩しか経験していないようなものだった。だから美智子の言葉を聞いてほんのり嬉しくなった。

変化のないモニタ画面を見ていると、飽きてきた。今夜孵化しなければ、こんな風に何日も見守り続けなければならないわけだ。

これが1週間続いたらどうしよう。

「ヤバダー」のナレーションを思い出す。

「2週間が経過しましたが、カピバラの赤ちゃんは巣穴から出てきません」

たった一晩で音を上げるぼくが「ヤバダー」のスタッフになりたいだなんて、思い上がりも甚だしい。ぼくは反省したけど、白く光っている「たまご」を見つめているうちに、うとうとして、寝落ちしてしまった。

7章

4月20日（木）

奔流の真っ只中では、

周りを見回す余裕なんてない。

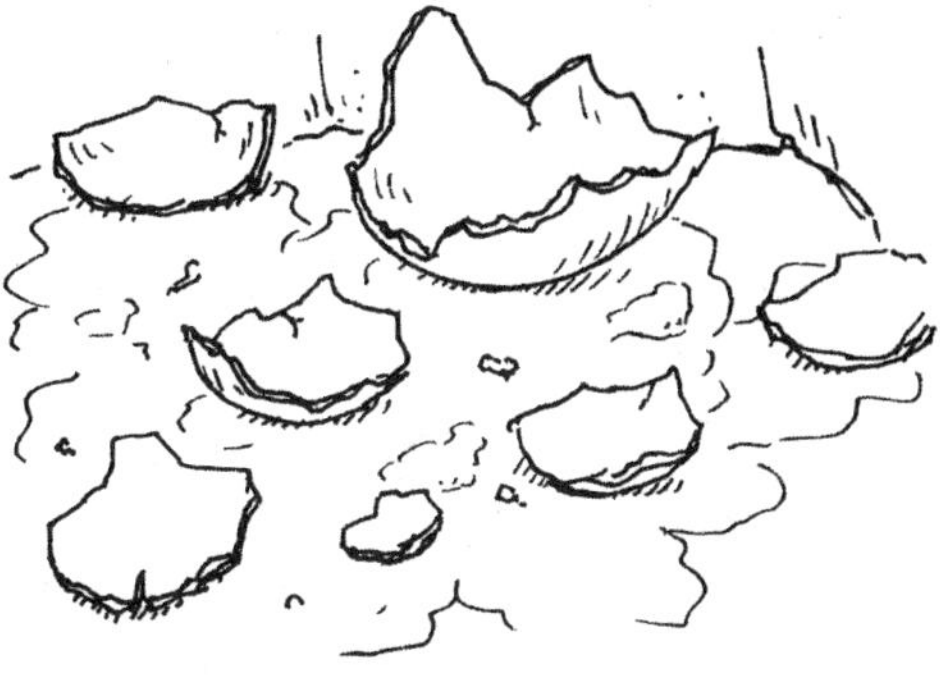

居眠りしたぼくは、肩を揺すられ目が覚めた。美智子が顔を覗《のぞ》き込んで言う。

「カオル、起きて。『たまご』が変化し始めたわ」

ぼくは目を擦《こす》りながら隣のヘラ沼を起こし、ヘラ沼は隣の三田村を起こす。

隣で佐々木さんはモニタに見入っている。「たまご」の光はさっきより増している。

「よし、行こう」という佐々木さんの決断に、チーム曾根崎に緊張が走る。

ヘラ沼が冷蔵庫を開け、小分けにした食物の袋を取り出し、ぼくたちに手渡す。

美智子のはバナナにいちご、キウイにマンゴー等の果物係だ。三田村の袋はイワシや海老《えび》などの魚系で、ぼくのはキャベツやもやし、にんじんなど野菜の担当だ。そうするとヘラ沼の袋は肉類なんだろう。

「ヘルメットを着装しろよ」と言って佐々木さんが黄色いヘルメットを配る。

外に出る。空に月はなく、満天の星が瞬いていた。

風が吹き、ざわざわと木立が鳴る。

佐々木さんを先頭に、洞穴に向かう。真夜中に入るのは初めてだ。

暗闇の中、真っ暗な洞穴に入っていくのは気味が悪い。

足元の水流が増えている。1個目のリールの終点に到着すると、辺りがうっすら明るくなる。

やがて、ヒカリゴケと夜光虫の光に包まれた「たまご」の部屋に着く。

「たまご」の周りは真昼のように明るくなっていた。殻は透き通り、身体を丸めた胎児が液体の中をぷかり、ぷかりと漂っている。

息を呑《の》んで見守っていると、やがてぴしり、と音がして「たまご」にヒビが入った。

「たまご」の殻のかけらがぽろりと落ちた。小さな穴が開いて、そこから四方八方にヒビが広がり、透明な液体が殻を伝って流れ出す。

次の瞬間、殻はくしゃっと潰《つぶ》れ、どろりとした液体が周囲に飛び散った。

液体を全身に浴びた三田村が、「あわわ」と言って腰を抜かす。

液体はちょっぴり生臭くて塩辛かったけど、気にする者はいなかった。

その時、〈いのち〉の身体がでろりん、と床に滑り落ちたからだ。

一目、〈いのち〉を見て、なんだか山椒魚《さんしょううお》みたいだな、とぼくは思った。

頭でっかちで身体全体がぬめぬめした液体で濡《ぬ》れていたからだ。

岩肌を覆うヒカリゴケが〈いのち〉を抱き留める。

「ミギャア」という産声が響き渡る。

大声が洞穴の中で何回も反響し、キーンという金属音がして何も聞こえなくなった。

もう一度、「ミギャア」という声が聞こえた時、ぼくたちはたまらず、荷物を放り出し逃げ出していた。光が届かなくなったところでようやく立ち止まる。

〈いのち〉の泣き声が洞穴に反響している。佐々木さんが頭を拳《こぶし》でゴンゴン叩《たた》く。

「クソッ、俺はマヌケ野郎だ。出産準備がなんにもできていなかったじゃないか」

そして、何かを思いついたような顔になって、ぼくに言う。

「カオルたちは秘密基地に戻りモニタで観察を続けてくれ。俺は助っ人を呼んでくる」

佐々木さんは懐中電灯を手に持って駆け去ってしまった。

ぼくたちも携帯電話のライトの光を頼りに出口へ急いだ。

洞穴の出口の近くにたどり着いた時、バイクが走り去る音がした。

佐々木さんがバイクを運転できるなんて、ちっとも知らなかった。

秘密基地にたどり着くと、飛び散った液体で濡れた身体が気になった。

ふと、時代劇を思い出す。腕利きのお侍が、赤ん坊を取り上げられずあたふたしているところに産婆さんがきて、「ぼんやりしてないで、さっさとお湯を沸かすんだよ」と叱りつける場面だ。

なるほど、こんな生臭い液体で濡れるから産湯で身体を洗うわけか、と納得する。

「うわ、臭え。順番にシャワーを浴びよう。まず俺からな」と言うと、ヘラ沼はその場で服を脱いで、すっぽんぽんでシャワー室に飛び込んだ。

「レディがいるのにデリカシーがないんだから」と美智子が顔を赧《あか》らめる。

「次は美智子が入るか？」

「ううん、あたしは濡れなかったからやめとく」

すると三田村が黒縁眼鏡を人差し指でずりあげながら言う。

「私もシャワーは結構です。自宅以外でお風呂《ふろ》には入らないので」

「じゃあ次はぼくだ。三田村と美智子はモニタを見ていてくれ」と言って立ち上がる。

その時、三田村と美智子が同時に、「あれ？」「あら？」と声を上げた。

「モニタ画面が真っ暗になってる」

そう美智子に言われて、ぼくはふたりの肩越しに覗き込む。

「ほんとだ。孵化《ふか》の時に飛び散った液体で濡れて壊れたかな」

すると濡れた髪をタオルでふきながら、戻って来たヘラ沼が言う。

「あのカメラはそれくらいで壊れるような、ヤワな代物じゃない。『深海一万』に取り付けて、マリアナ海溝の海底を撮影したマシンのプロトタイプなんだから」

「それならなぜ何も映っていないんだろう？」

「そんなこと、知るかよ。でも爺《じい》ちゃんに報告したら、また怒られちまう」とヘラ沼はぼやく。

タオルを受け取ったぼくはシャワーを浴びた。

濡れたシャツをまた着るのは気持ち悪いなと思いながら部屋に戻る。

遠くでバイクの音が聞こえた。

「バイクと車だ。4気筒エンジン、200馬力、大型のランクルだ」とヘラ沼が言う。

エンジン音でそこまでわかるのか、とぼくはヘラ沼の異能力に感心した。

バイクと自動車のエンジン音が止まった。じゃり、と砂利を踏む足音は確かに2人分だ。扉が開くと、佐々木さんの後ろから女の人がひょっこり顔を出した。

「あ、ショコちゃん」とぼくが言う。

オレンジ新棟2階、小児科総合治療センターの如月翔子《きさらぎしょうこ》師長だ。

「ヤッホー、カオル君、お・ひ・さ。元気だった?」

「誰?」と小声で美智子が訊《たず》ねる。

地獄耳のショコちゃんは、美智子の小声の疑問に答える。

「東城大学医学部付属病院の看護師でアッシの保護者、如月翔子でえす。出産現場を仕切れない、へたれのアッシに泣きつかれ、はるばる深夜、やって参りました。早速、みんなには、がしがし働いてもらうからね。まずはそこの美少女、できるだけたくさんお湯を沸かしなさい」

頭ごなしに命令されるのが嫌いな美智子なのに、たったひと言、「美少女」と言われただけで、振り上げた拳を下ろしてしまっている。チョロいヤツ。

「男子3人はあたしについてきて。荷台のシーツを運んでもらうわ。結構な分量よ」

アッシはこの救命救急キットを持ってきて」と言って、佐々木さんに黒い鞄《かばん》を手渡す。

「アツシ、赤ちゃんのバイタルは取った？　え？　忘れたですって？　アプガー・スコアのチェックなんて、初歩の初歩でしょ。そんな基本を忘れるなんて、何なのさ。元スーパー高校生医学生も、すっかり平和ボケしちゃったのかな」

「その呼び方はやめてよ」と佐々木さんが押し殺した声で言う。

「それならちゃんと働きなさいよ。〈スリーパー〉の管理責任者が、基本バイタルを測り忘れるなんて、信じられない」

ぐうの音も出ない佐々木さんの隣で、中学生男子3人は両手に抱えきれないくらいたくさんシーツを持たされた。

「あんたたちは先に行って、アツシは赤ちゃんのバイタルを取りアプガー・スコアをチェックしなさい。知識はあっても肝心の時に使えなければ、単なる役立たずよ」

佐々木さんは唇を噛《か》むと、うつむいて「出発するぞ」とぼくたちに言う。

気がつくと洞穴の中に響いていた〈いのち〉の泣き声は聞こえなくなっていた。

〈いのち〉はヒカリゴケの上で眠っていた。

親指を口にくわえている姿は普通の赤ちゃんと、ちっとも変わらない。

でもぼくの背丈と同じくらいの身長で、途方もなくデカいし、「たまご」から生まれているし、やっぱり普通じゃない。

ぼくたちが白いシーツを積み上げている間に、佐々木さんは〈いのち〉のアプガー・スコアのチェックを始めた。

「三田村君、今から俺が読み上げる数字をメモしてくれないか。皮膚はピンク＝2点。心拍数83＝1点。反応性、つねると顔をしかめる＝1点。活動性、四肢を活発に動かしている＝2点。呼吸、深く呼吸している＝2点」

「合計8点、正常範囲内です」

さすが三田村、アプガー・スコアをメモしろと言われて、すぐに対応できるなんて大したもんだ。ぼくではなくコイツが中学生医学生に選ばれていれば全ては丸く収まったんだろうな、と思うと、天の差配がつくづく残念に思える。

そこへショコちゃんと美智子が、両手にポリタンクを持ってきた。

「すごい施設ね。何もかも揃っていたわ。さ、背負ったタライを外して」

「アプガー・スコアは8点で正常範囲内」と佐々木さんが報告すると、ショコちゃんはポリタンクからタライにお湯を注ぐ。美智子が水を混ぜると湯気が消えた。

「ちょうどいい湯加減ね。さあ、いい子だからキレイキレイしましょうね」

ショコちゃんはシーツを裂いてお湯につけて絞り、身体を拭《ふ》き始める。

〈いのち〉は、気持ちよさそうに、「ばぶう」と言う。

〈いのち〉の身体を手際よくシーツにすっぽりくるんだ。シーツを3枚重ねにするとショコちゃんは、ぱん、ぱん、と手をはたく。

「これでよし」と言うと、ショコちゃんは哺乳《ほにゅう》ビンを〈いのち〉の口元にもっていく。

すると〈いのち〉は、吸い口をかぷっとくわえ、こくこくと飲み始める。

「白湯《さゆ》を飲んでくれればひと安心。これなら粉ミルクもイケそうね」

「あのう、この子は男の子ですか、女の子ですか？」

美智子の質問に、ぼくたちは一斉に、〈いのち〉の「あそこ」を見た。

「あそこ」はつるんとしていて真っ平らだ。ショコちゃんはあっさり答える。

「この子には、おちんちんも女の子の穴もないから、どっちでもなさそう。おまけに、お尻《しり》の穴もないからウンチもしないかも。おしめが要らなくて助かるわ」

「それって単なる先天奇形なのではないでしょうか」と三田村が指摘した。

「そうとも考えられるけど、様子を見ましょう。そもそも『たまご』から生まれたからおへそもないし。似ているといっても人間じゃないから、何があっても驚かないわ」

ショコちゃんはにっこり笑う。この人についていけば、へいちゃらな気がした。

秘密基地に戻ると、ショコちゃんは、スポーツドリンクをごくごく飲み干した。

ぷう、と息を吐いて、「ところでアッシは、これからどうするつもり？」と佐々木さんに質問した。

「こいつらは、ここで面倒を見たいと言っているんだけど」

「この企画はアッシが仕切っているんじゃないの？」

「いや、俺は単なるアドバイザーで……」

「アドバイザーでもなんでもいいんだけどさ、まさか、あんたまで本気でそんなことが可能だと思ってるのかってことを知りたいの」

「そりゃ、ちょっと厳しいかなとは思うけど」

「ちょっと厳しい、かな？　とんでもない。ここを拠点にしてあの子の面倒を見るなんて不可能よ、ふ・か・の・う」

「じゃあ、どうしろって言うのさ」

「そんなの、ちょっと考えればわかるでしょ。オレンジで引き受けるしかないわ」

「そんなこと、できるのかよ」

「他でできないんだから、オレンジが対応するしかないのよ」

「あたしたちはみんな、東城大学医学部には不信感を持っています」

美智子が決然と言うと、ショコちゃんは肩をすくめた。

「気持ちはわかる。それなら今すぐ1週間のケア・スケジュールを立ててみて」

ぼくたちは顔を見合わせる。やがて代表者としてぼくが言う。

「ええと、とりあえず今までの観察当番方式で続けてみます」

「観察当番方式って、どんなやり方なの」

「月曜はヘラ沼で火曜はぼく、水曜はヘラ沼、木曜は三田村君と美智子、金曜はヘラ沼、土曜はぼく、日曜日は全員で見守り隊に参加するという分担です。学校が終わったらすぐに来て、晩ご飯に家に帰るまでの間、面倒を見ます」

「1日2時間しか面倒を見ないつもり？　あの子はかぴかぴに干からびちゃうわよ」

「一日中面倒をみないとダメなんですか？」

美智子が質問すると、ショコちゃんはうなずく。

「当然でしょ。赤ちゃんは生まれた直後は2時間ごとに授乳しなくちゃいけないし、胃が小さくてすぐ、けぽって吐くし。身体が小さいからトラブれば全身のダメージになる。だから新生児病棟では看護師が24時間つきっきりなの。でもあんたたちには無理だから、オレンジにつれていくしかないの」

「あたしは、〈いのち〉ちゃんが実験材料にされるのは我慢できません」

「〈いのち〉ちゃんかあ。いい名前ね。あたしも無意味な医学実験は大嫌いよ。研究よりも医療が優先されるべきなのは当然だし、現場にはそんな風に考えているお医者さんもいるから、心配しないで」

美智子はちらりとぼくを見た。

この人を本当に信用していいの、とその目は問いかけていた。

ぼくが、うなずいたのを見て、美智子は言った。

「わかりました。〈いのち〉ちゃんをお願いします」

ショコちゃんは、ばしばしと美智子の肩を叩《たた》いた。

「あなたってば、ほんと可愛らしい子ね。あたしは東城大学医学部付属病院美少年検索ネット会長だけど、美少女愛好会も立ち上げちゃおうかな」

佐々木さんが厳しい口調で「ショコちゃん」とたしなめると、ショコちゃんは舌を出す。

「冗談よ。あたしのミッションは『いのちを守る』こと。だから救急患者のケアと病気の子どもの面倒を見ることが最優先。なんでアッシのSOSにすっ飛んできたワケ。これはあたしの天命なのよ。でも非合法ケアへの協力を病棟看護師にお願いするから、彼女たちとは情報共有させてもらう。でないとこの子のケアは不可能だから、それは許してね」

最初はぼくたち4人だけで育てようと思っていたのに、どんどん話が広がって大勢の人が関わることになりそうだ。

こんなんで秘密を守れるのかと、少し心配になってくる。なにしろ「ネイチャー」

クラスの大発見なんだから、悪代官の藤田教授に情報が漏れたりしたら大変だ。

でもぼくたちだけでは〈いのち〉を守れない。

それならショコちゃんを信頼するしかない。

「チーム曾根崎は、〈いのち〉のお世話を、正式にオレンジ新棟に委託します」

ぼくが深々と頭を下げると他の3人も一緒に、「お願いします」と唱和した。

ショコちゃんは、どんと胸を叩いて「お願いされましたあ」と言った。


時計の針は深夜の零時を回っていた。明日《あした》が修学旅行の代休なのは天佑《てんゆう》だ。

「あたしは明日、有休を取るわ。オレンジにこの子の居場所を作らなくちゃならないし、この子のケアチームを作るためカンファもしないといけないからね」

「オレンジにコイツを入院させる部屋なんてあるのかよ」と、佐々木さんは訊《たず》ねた。

「よくぞ聞いてくれました。オレンジ3階に開かずの間というのがあってね……」

「ああ、昔、クリスマスにプラネタリウム鑑賞会をやってた場所か」

「アッシってば妙に耳年増《どしま》なんだから。せっかくびっくりさせようと思ったのに」

するとと佐々木さんは肩をすくめる。

「耳年増という言葉の用法は、少し違う気がするんだけど。でも確かにオレンジの隠し部屋なら、コイツの極秘受け入れも可能だな」

「ところでこの子のケアは、世界で誰もやったことがないから、事前にできるだけ情報がほしいんだけど。何かない？」

そう言われた佐々木さんは、たまごの監視ビデオを再生しようとした。

「バカな。コイツが生まれた場面が録画できてないぞ」

「ええ？　貴重な孵化《ふか》の瞬間が撮れてないんですか？」と三田村が悲鳴を上げる。

「ああ、ドジった。でも変だな。毎日確認してたのに」

「データは何もないの？　まあ、ない袖《そで》は振れないわね。こうなったら出たとこ勝負。ひとつ聞きたいんだけど、この子って泣く？　泣くとしたら、声は大きい？」

「ええ、すごい大声で泣きます」と美智子が言う。

「『ピギャア』って、『ピギャア』じゃなくて『ミギャア』だろ」とぼく。

「違います。『ムギョオ』です」と三田村。

「どいつもこいつもちゃんと聞いてないな。『グオー』だろ」とヘラ沼。

「それは絶対に違う」と他の3人が声を揃えてヘラ沼に言い返す。

チーム曾根崎の紛糾ぶりを眺めていたショコちゃんは、苦笑して言う。

「とにかく大声で泣くなら、騒音対策が必要ね。じゃああたしは行くわ。2時間後にこの子に白湯を飲ませて粉ミルクも少しあげて。温度はかっきり30度。体温は37度で人間の赤ちゃんと同じだから、白湯やミルクもその温度で大丈夫だと思う」

矢継ぎ早に指示を出して、ショコちゃんは部屋を出て行った。

後には、台風一過みたいな、快晴だけど虚脱した空気感が漂った。

2時間後の午前2時半。ぼくたちは揃って洞穴に入った。

元スーパー高校生医学生の佐々木さんは、数日ひとりで「たまご」を見守っていたので疲れたのか、寝息を立てて眠っている。

なのでぼくたちは佐々木さんを起こさず、4人で洞穴に入ることにした。

二つ持った水筒のひとつに白湯、もうひとつに粉ミルクを溶いたものを入れた。哺乳《ほにゅう》ビンも2本。ショコちゃんが持ってきてくれたものだ。

〈いのち〉は身体を丸めて、くうくう眠っていた。

「翔子さんは、寝てても起こして白湯かミルクをあげなさいって言ってた？」

「覚えてないけど、寝た子は起こすなって諺《ことわざ》もあるから、とりあえずそのままにしておいた方がいいんじゃね？　どうせ腹が減ったら泣くだろうし」

説得力のあるヘラ沼の意見に、ぼくたちは同意した。

身体を揺すられて目が覚めた。窓から朝日が差し込んでいる。

目の前に佐々木さんの顔があった。

「おい、起きろ。ヤツが泣いてる」

耳をすますと『ミギャア』だか『ピギャア』だかはわからないけれど、少なくとも絶対に『グオー』ではない声が、かすかに聞こえる。

ぼくは美智子を起こし、三田村とヘラ沼と急いで外に出る。

昇りたての朝日がまぶしい。

洞穴の方から〈いのち〉の泣き声が聞こえる。

いつの間にか、美智子は両手に大きな水筒を提げていた。

ミルクと白湯の水筒だ。さすが母親を自任するだけあって、万全の態勢だ。

ぼくたちは耳栓を嵌《は》めて急ぎ足で歩く。洞穴に入ったとたん、〈いのち〉の泣き声が響いてきたけれど、耳栓のおかげで気絶するほどの音には聞こえない。

やがて、ぼう、としたヒカリゴケの光が見えた。〈いのち〉ルームでは、泣き声が壁にわんわん反響していた。

よく注意して聞いてみると、「ピギャア」と「ミギャア」の間の音だった。なので、ぼくと美智子の引き分けといったところだろう。

「こりゃあ耳栓をしないとダメだな、あ、でもオレンジに搬送するんだっけ」と佐々木さんは呟《つぶや》く。〈いのち〉はあおむけになって両手両足をばたばたさせていた。普通の赤ちゃんと同じ仕草だけど、身体はぼくたちぐらい大きいので、少し怖い。

身体を包んでいた白いシーツは、半分はだけてしまっている。

「〈いのち〉ちゃん、喉《のど》が渇いたのね。いい子だからおとなしくしてね」

美智子はそう言いながら、白湯を入れた哺乳ビンを手にして〈いのち〉に近づく。

胸をとん、とん、と叩き始めると、泣き声は小さくなった。

哺乳ビンをあてがうと、口元をもにょもにょさせた〈いのち〉は吸い口をくわえ、こくこく飲み始める。あっという間に200ccの白湯を飲み干すと、からっぽの哺乳ビンをぼくに突き出して、美智子が言う。

「カオル、これにミルク満タンにして」

「お、おう」と返事をして哺乳ビンの蓋《ふた》を開ける。美智子はその間も〈いのち〉のお腹をとん、とん、と叩き続けた。リズムに合わせてポニーテールも規則正しく揺れる。

「ほら、できたぞ」とミルク入りの哺乳ビンを渡すと、美智子は〈いのち〉の口元にあてがう。

今度は迷わず、こくこくと飲み始める。

「よかった。人間の赤ちゃんと同じミルクを飲んでくれるわ」

美智子の目は優しく微笑んでいる。コイツ、完全にお母さんモードだ。

昨日初めて会ったぼくのお母さん、理恵先生の顔が浮かぶ。ぼくはこんな風に面倒を見てもらえなかったんだと思うと、なんだか切なくなった。

そして、〈いのち〉にそんなさみしい思いは絶対にさせるもんか、と天に誓う。

哺乳ビンはあっという間に空になった。〈いのち〉は白湯とミルクで満足したらしく、親指をくわえて眠り始める。

中学生4人組は〈いのち〉の周りにしゃがんで、順番に〈いのち〉の身体を撫《な》でた。

「たまご」と同じように、ひんやりしていて、すべすべのお肌だ。

設置カメラを調べた佐々木さんは、「作動はしている」と呟いて立ち上がる。

「ミルクを飲んで、お腹いっぱいになったようだから、とりあえず基地に戻ろう」

基地に戻った時、ヘラ沼のガラケーが鳴った。

「母ちゃんが、朝ご飯の支度ができたから食べに来なさいだって」とヘラ沼が言う。

「これだけお世話になって、朝ご飯までご馳走《ちそう》になるなんて図々《ずうずう》しいことは……」と言いかけた美智子のお腹がぐう、と鳴る。

ヘラ沼の提案と美智子のお腹が鳴ったことで、ぼくと三田村もお腹が空《す》いていることに気がついた。

ぼくは「押忍《オス》。ゴチになります」と答えて立ち上がる。

佐々木さんは「授業があるから」と辞退した。本当は遠慮したんだろう。

ぼくは平沼家の朝ご飯を食べながら、この先、どうなっちゃうんだろうと考えた。

でも、くよくよ考えても仕方がない。ショコちゃんと佐々木さんについていけば、なんとかなるだろう、と能天気に考えるしかない。

食事を終えて秘密基地でごろごろしていたら、みんな、うとうとし始めた。

ゆうべは徹夜に近かったし、前日までは2泊3日の修学旅行だったから、仕方がないだろう。

やがて遠くからバイクの音、続いてランクルの音が聞こえてきた。

目を覚ましたぼくたち4人は、身体を起こす。

こんな風に物語は急展開して、ぼくたちはその流れについていくので精一杯だった。

奔流の真っ只中《ただなか》では、周りを見回す余裕なんてないものだ。

8章

4月21日（金）

〈いのち〉を守れ！

プロジェクト、始動。

ショコちゃんが小型トラックに乗り、黒いサングラスを掛けた佐々木さんがショコちゃんのランクルを運転していた。

佐々木さんは3月に高校を卒業して本当の大学生になったので、入学前の春休みに免許を取ったそうだ。バイクの免許は高校生の時に取ったらしい。それにしても、黒サングラス姿は大人びてみえて、美智子がぼうっと見とれる気持ちもわかる。

到着するや否や、ショコちゃんはてきぱきと指示する。

「〈いのち〉君を軽トラの荷台に乗せて運ぶわよ。洞穴から運び出すのに台車を借りてきた。洞穴の地面はでこぼこだから気をつけて。〈いのち〉君と美智子ちゃんが荷台に乗って。オレンジ新棟は雑木林の中だけど、さっきみたいに大泣きされたらヤバいから気をつけて。男子3人はアッシと一緒にランクルでついて来て」

美智子は「責任重大だわ」と呟く。か泣き声を上げられたら、道行く人の注目の的になってしまう。

ヘラ沼は「ちょっと待って」と言って姿を消すと、丸めた赤い布を持ってきた。

「これを使おう。『レッド・キャタペット』号っていう爺《じい》ちゃんの発明品だぜ」

「『キャタペット』ってどういう意味？　そんな単語、聞いたことないんだけど」

通訳志望で英語が堪能《たんのう》な帰国子女の美智子が訊《たず》ねると、帰国子女だけど英語はからきしダメなヘラ沼が胸を張って答える。

「キャタピラとカーペットを合体させた、爺ちゃんの造語さ。爺ちゃんは機械の他に、言葉も発明しちゃうんだ。『モルモット・キャタピラ・レッドカーペット』号が正式名で、父ちゃんがつけたんだけど、長ったらしすぎると却下されちゃったんだ」

黒サングラス姿の佐々木さんが台車を押し、ヘラ沼が爺ちゃんの発明品の赤絨毯《あかじゅうたん》を肩にかつぎ、ぼくと三田村がポットを持ち、ショコちゃんと美智子が白いシーツの追加を抱え、つまり各自それぞれ大荷物を持って、洞穴の広場に向かう。

「たまご」ルームに到着したとたん、ショコちゃんが驚きの声を上げる。

「やだ、信じられない。もう、おすわりしてる……」

親指をしゃぶる〈いのち〉は確かに、壁にもたれかかって「おすわり」していた。

「普通の赤ちゃんは首がすわるのに3ヵ月、おすわりは生後半年くらいよ。この子は生まれて半日だから、いくらなんでも早すぎるわ」

「でも、キリンや子鹿は生まれてすぐ歩き始めるし、コイツは普通の赤ん坊じゃないし」とヘラ沼が言う。

う、またも「ヤバダー」蘊蓄《うんちく》を先に言われてしまった。すごくくやしい。

ショコちゃんはヘラ沼のコメントには何も言わず、腕組みをした。

「こうなったら〈いのち〉ちゃんの搬送作戦は根本から練り直さないとダメそうね。仕方ない。カオル君が美智子ちゃんと一緒に荷台に乗ってあげて」

ええぇ？　そんな大役、ぼくにはちょっと、と言いかけた。

でも美智子が躊躇《ちゅうちょ》なく引き受けたことを思えば、ぼくが駄々をこねるのはみっともなさすぎるので、仕方なくうなずいた。

「平沼君、このモルモットカラカラ回転車のレッド・カーペットってどうやって使えばいいの？」

名前が盛大に変わっているけど、大らかなヘラ沼は気にせず準備を始めた。

「まず取り出しましたる『レッド・キャタペット』を広げまして、そこに〈いのち〉を運ぶ台車を置きまして、カーペットの右端と左端を持ち上げぐるりと輪にして台車の上でかちり、と嵌《は》めますとあーら不思議、赤いキャタピラの中に、台車がすっぽり入ってしまいましたあ」

「なるほど、外側のレッド・カーペットに床のデコボコを吸収させる、という原理ね。それじゃあ試しに押してみて」

台車に乗ったショコちゃんがヘラ沼に言う。ヘラ沼が台車を押すと、進むにつれ外側を包んだレッド・カーペットが回転しながら前進する。

「うわ、これってチョー優れモンね。下はデコボコなのに全然ガタガタしないわ」

「だろ？　特殊プラスチック製の『レッド・キャタペット』は、潜水艇の補助マシンで、台車部分に『深海五千』を柏餅《かしわもち》みたいに包んだ合体バージョンを『ヒラメ号』と呼ぶんだ」

「ややこしいわね。平沼君のお爺さんは発明の天才だけど、ネーミングセンスはいまいちかも。でもせっかくだからお爺さんをチーム曾根崎の名誉隊長にしたらどう？」

唐突なショコちゃんの提案に、ぼくはうろたえる。

「ぼくは構いませんけど、それならその前に佐々木さんと翔子さんを任命しないと」

「あたしは『プロジェクト』の総監督でいいわ。でも長ったらしいから頭文字にしようかな。『Ｉ（いのちを）Ｍ（守れ！）Ｐ（プロジェクト）』、ＩＭＰ総監督か。うん、悪くないかも」

ショコちゃんがそういう地位にあるのは確かだけど、誰の同意も得ずにさらりと最高位に就任してしまうあたり、相変わらずメンタル最強だな、と思う。

「俺は肩書きと無縁でいたいから、お断りする」と佐々木さんは言う。

「でも役職がある方が呼びやすいから、『ＩＭＰのパシリ（ＩＭＰＰ）』なんてどう？」

むっとした表情になった佐々木さんが言い返す。

「名前なんて搬送を終えてから考えればいいだろ。さっさとミッションを始めないと」

「いっけない。〈いのち〉ちゃんのものすごい成長スピードに、あたしの計画が根底から崩れちゃって、つい動揺しちゃった。アッシの言う通りね。ではIMPを開始するわよ」

作戦名をメンバーの同意なしに決定した独裁者ショコちゃんは、高らかに宣言した。

〈いのち〉がおすわりできたおかげで、台車に乗せるのは楽だった。

ぼくは台車を〈いのち〉の傍らに置き、台車の前にキャタペットを広げた。

これで準備万端、のはずだった。

でもここで誤算が生じた。

〈いのち〉が「マア」と言って美智子にもたれかかったのだ。

その巨体を受け止めきれず、美智子は台車と一緒に横倒しになった。

でも抱きつかれた美智子は「そう、あたしがママよ」と嬉《うれ》しそうに言う。

「そう言えば、ひよこは孵化《ふか》して最初に見たものをママと思うって『ヤバダー』でもやってたな」

「ヤバダー」フリークのぼくがドヤ顔で言うと、佐々木さんが疑問を呈する。

「イヌの玩具《おもちゃ》を見たアヒルの子が親と思い込み、後をついて行くという、有名な実験か。だけど、コイツが生まれた時には俺たちもいたのに、なぜ進藤さんだけがママと認識されたんだろう」

う。そんなの、ぼくにわかるわけないでしょ。

それにしてもヘラ沼が「ヤバダー」フリークぶりを発揮した時は誰も何も言わないのに、なぜぼくの時はこんな風になってしまうんだろう。

とほほ。

「それはたぶん、美智子ちゃんが美少女すぎるからよ。それより『〈いのち〉君を台車に乗せよう大作戦』は微修正する。美少女は〈いのち〉君と一緒に台車に乗って」

美智子に手を引かれた〈いのち〉は、ぐぷう、と言って美智子に抱きつく。

今度はこころの準備ができていたせいか、美智子は倒れなかった。

〈いのち〉は美智子と同じくらいの身長だから、心構えさえあれば押し倒されることはない。ぼくが台車を押す。カーペット回転車（誰も正式名称は覚えていない）は、勝手にころころ転がってラクチンだ。

「『レッド・キャタペット』には、置いたものの重さを自動的に量るシステムがあるんだぜ。ついでに〈いのち〉の体重を量ってみようか」

「平沼君、ナイスな提案だけど、美智子ちゃんが一緒じゃないと〈いのち〉君はおとなしくしてないわよ」

ショコちゃんの指摘に対して、三田村が答える。

「それは問題ありません。『進藤さん＋〈いのち〉君＋台車』を量って、『進藤さん＋台車』の重さを引けばいいんです」

「冗談言わないで。問題ありすぎよ。あたしの体重は絶対に教えないわ」

美智子は、変なところで女の子らしい恥じらいと意地をみせた。

「あんたたちってば、ほんとにまとまりが悪いわね。それなら美智子ちゃんは、あたしだけに体重を教えてよ。それならいいでしょ？」

「まあ、翔子さんだけなら……」と美智子はしぶしぶ同意する。

そうこうしているうちに、もうじき外に出るという時、三田村が思い出したように言った。

「〈いのち〉君の搬出に夢中で見逃していましたが、たまごの殻は残っていましたか？」

ぼくは記憶を辿《たど》ってみたけど、その光景は思い浮かばなかった。

「生物学的に貴重な資料だから、残骸《ざんがい》は採取しておかないと」と言って、佐々木さんが洞穴の奥に駆け戻る。

やがて遠くだった足音が、だんだん大きくなって佐々木さんが戻ってきた。

「殻は残っていなかった。どういうことだろう」

「たぶんコイツが食べちゃったんだよ。モンシロチョウの幼虫は孵化すると真っ先に、たまごの殻を食べるから」

う。またしてもヘラ沼に「ヤバダー」蘊蓄《うんちく》で先を越されてしまった。

「〈いのち〉ちゃんを、青虫なんかと一緒にしないで」

即座に美智子が反論したので今回はあまり悔しくなかった。佐々木さんが言う。

「青虫かどうかはともかくとして、平沼君の考え方は自然の摂理に適《かな》っている。それより問題は、孵化時の画像は消えてしまったので、コイツがたまごから生まれたという確たる証拠は完全になくなってしまったということだ。俺は間抜け野郎だ」

「でも、この子にはおへそがないからわかります」と美智子が佐々木さんを慰めるように言う。

「レッド・キャタペット」に柏餅みたいに包まれた台車は、からから回りながら洞穴の出口に向かって進む。

〈いのち〉はグプウ、とかダア、とか奇声を上げ始めた。

外に出ると、春の陽射しが〈いのち〉に差し掛けた。

〈いのち〉は息を吸い込み、「ミギャア」と叫ぶ。その声は背後の洞穴に反響して、雑木林から鳥たちがぎゃあぎゃあ鳴きながら一斉に飛び立った。

再び〈いのち〉は息を吸い込む。

ヤバい、第2弾が来るぞ、と身構えた時、ショコちゃんが言った。

「アツシ、〈いのち〉ちゃんにサングラスを掛けて」

佐々木さんが自分が掛けていた黒いサングラスを〈いのち〉に掛け、美智子は必死にとんとんと背中を叩《たた》く。

〈いのち〉は、泣かずに、ふうう、と息を吐いた。

「危機一髪。この調子で泣き続けられたらえらいことだったわ」とショコちゃん。

小型トラックの荷台に板を2枚差し渡し、「レッド・キャタペット」を押していく。ぼくが〈いのち〉を台車から降ろし、三田村が畳んだ台車を下ろす。それをヘラ沼が秘密基地に置きに行った。ヘラ沼が戻ってくるとエンジン音がした。

「ではIMP作戦開始よ」とトラックの運転席から、ショコちゃんが顔を出す。

「オウ・ヤー」というチーム曾根崎のメンバーの掛け声が重なる。

荷台に乗った美智子とぼくと〈いのち〉に、白いシーツがふわりと被《かぶ》せられる。

一瞬、〈いのち〉が泣き出してしまうのでは、と心配したけれど、美智子の優しい「背中とんとん」が功を奏したのか、事なきを得た。

エンジンがぶるん、と掛かり、トラックが動き出す。後ろを振り返るとランクルの後部座席からヘラ沼と三田村が身を乗り出し、ぼくたちに手を振る。

ヘラ沼はともかく、優等生の三田村がそんなことをするなんて、キャラ変がすさまじい。

本来のショコちゃんの派手な運転ぶりを知っているぼくは、ショコちゃんの目一杯の気遣いをひしひしと感じた。荷台の上でサングラス姿の〈いのち〉の背中をとんとん叩きながら、美智子は小声で「竹田《たけだ》の子《こ》守唄《もりうた》」を歌う。

〈いのち〉は親指を口にくわえ、その歌に聴き入っている。

お間抜けな介添え役のぼくは、がたがた揺れる荷台の上でそんな2人を眺めていた。

平沼製作所から「お山」の大学病院まで、海沿いの波乗りハイウェイを通れば車で30分弱だけど、ショコちゃんは超安全運転で1時間近く掛けた。

病院坂で小型トラックがうなり声を上げる。ここで「ミギャア」なんてやられたら大変なので、美智子は懸命にとんとん、と背中を叩き「竹田の子守唄」を歌い続けた。

子守唄はアップテンポになっていく。

坂を上り切ると白と灰色のツインタワーが聳《そび》え立っている。

ロータリーを左折し土手道に入る。更に左折して雑木林の小径《こみち》に入ると、オレンジ色のシャーベットみたいな建物が見えてきた。

「〈いのち〉ちゃん、ここがあなたのおうちよ」と言って、美智子は〈いのち〉に被せた白いシーツを取った。

すると〈いのち〉はサングラスを掛けた顔を上げ、「だあ」と言った。

小型トラックがオレンジ新棟の裏口に到着した。

すると、外で待っていた白衣姿の女性2人が、金属製のシャッターを押し開けた。トラックとランクルの2台が車庫に入るとシャッターが下りる。

薄暗い灯《あか》りに照らされた車庫の内部は殺風景だった。ショコちゃんが言う。

「ここは普段、業者さんが荷下ろしをする場所で、朝夕以外はほとんど使わないの。そしてこの2人が〈いのち〉ちゃんの担当よ。ベテランの方は若月《わかつき》師長。10年前に新病院ができた時、旧棟がホスピス棟『黎明棟《れいめいとう》』になって、その立ち上げからの師長さんだから、大ベテランよ。今は、『黎明棟』は『コロナ病棟』も兼ねているから、その両方の師長さん。若い子は春からオレンジ新棟に配属された新人の赤木さん」

「いやだわ、如月師長。私が大ベテランなら、如月師長はどうなるんですか」

「そりゃスーパーベテランよ」とショコちゃんはあっさり言う。佐々木さんが言う。

「俺の研究室に赤木先生という方がいらっしゃるんですが、ご親戚《しんせき》ですか？」

「やだなあ。そんなに似てるかしら？　兄がいつもお世話になってます」

「俺こそお世話になりっぱなしです。妹さんがいるなんて聞いたことなかったので」

「年が10歳も離れているので、妹というより娘みたいなものですからね。私が何か言っても、『俺はお前のおしめを替えてやったんだぞ』で終わり。それってセクハラかパワハラかモラハラのどれかか、あるいは全部じゃないかと思うんですけど」

するとショコちゃんがぼくたちの紹介を手っ取り早く済ませる。

「中学生チームはキャプテンが曾根崎君。赤煉瓦棟《あかれんが》に出入りしてオレンジにも顔出ししたことがあるから、顔は見たことはあるかもね。眼鏡の賢そうな少年が医学部志望の秀才、三田村君で、頼りになりそうな大柄な坊やが桜宮の発明王、平沼製作所の御曹司の平沼君。そして荷台で〈いのち〉君を抱いてる美少女が学級委員の進藤さん」

「ショコちゃん、一応俺も紹介してくれよ」と佐々木さんが言う。

「忘れてた。オレンジ新棟のみなさんご存じ、この春大学生になっちゃってスーパー高校生医学生の肩書きが取れて、ただの医学生になっちゃった佐々木アッシ君でえす」

なんでショコちゃんは佐々木さんにこんなに手厳しいんだろう。

そしてなんで佐々木さんはショコちゃんに言い返さないんだろう。謎だ。

「あと、荷台のでっかい赤ちゃんがウワサの〈いのち〉君。というわけでおふたりに『〈いのち〉を守れ！　プロジェクト』＝ＩＭＰの実働班リーダーをやってもらいます。若月師長に参加してもらえばふたつのセクションが協調でき、安全性が増すからね」

「でもその分、情報がリークしやすくなりますね」とぼくが言う。

「確かに諸刃《もろは》の剣《つるぎ》だけど〈いのち〉君の生存を最優先で考えたの。リークを恐れて人手を減らし、〈いのち〉君が危ない目に遭うのは本末転倒でしょ。それでは『〈いのち〉を守れ！　プロジェクト』、略してＩＭＰ第1弾、『〈いのち〉搬送大作戦』＝ＩＨＤの第3ステップに移るわよ」

何だかややこしいけど、要は第3ステップは車庫から業務用エレベーターで3階に上るだけだ。ショコちゃんが鍵《かぎ》を取り出し鍵穴に差し込みボタンを押すと、ランプがついてエレベーターが上昇し始め、内部の灯りが一瞬消える。

赤煉瓦棟の古いエレベーターといい、鍵なしでは行けない階があるこのエレベーターといい、東城大のエレベーターは問題児だらけだ。

ショコちゃんは、エレベーターの速度に合わせて、ゆっくりした口調で言う。

「10年前に3階を見つけて以来、年に一度クリスマスにプラネタリウム・コンサートを開いてたの。最初は便利屋さんにお願いしたけど翌年から自分たちで上映してる。12月にクリスマス上映会の準備が始まるまで誰も来ない秘密の隠し部屋だけど、調べたら業務用エレベーターで3階に行けるとわかった。3年前、新型コロナウイルスが流行して大騒ぎになった時もここを使ったわ。当時はECMO《エクモ》という最新の機械を置いて、重症者を治療したのよ」

そう言ったショコちゃんは一瞬、切なげな表情になった。

説明が終わると同時に、エレベーターの扉が開いた。3階は薄暗かった。

部屋の真ん中に古いプラネタリウムの投映機が、でん、と鎮座している。

「これってツァイスの初号機じゃないすか。博物館もののレアものっす」

「平沼君って、妙なことに変に詳しいのねえ」とショコちゃんが言う。

「爺《じい》ちゃんにスパルタで鍛えられたんす。機械の歴史にやたらうるさくて」

普段は物置として使われているらしい。プラネタリウムの傍らにジャンボ・ベッドがある。よくみると2台のベッドを並べて、シーツをさしわたしたものだ。

「若月さん、柵《さく》が手に入らない？　昨日生まれたばかりなのに、もうおすわりしているの。そのうちハイハイを始めそうだから、ベッドに柵を立てないと落ちちゃうかも」

「それならこのベッドは止めて、黎明棟からマットと柵を持ってきます」

例によってボーイズトリオが運搬係に任命され、若月師長さんと一緒に黎明棟に向かう。その道すがら、若月師長さんがぼくに話しかけてきた。

「曾根崎君ってあんなひどい目に遭ったのに、東城大に通い続けているなんてガッツあるわ。桃倉先生はお気の毒だったけど、先生が悪くないってことはみんなわかってるから、心配しないでね」

気恥ずかしかったけど、ぼくは胸が熱くなった。

ホスピス病棟に到着すると、若月師長さんは9階の看護師さん数人に声を掛けた。

「ヨガ運動用の予備マットと転落防止柵を八つ、大型台車を1台準備して」

看護師さんたちはてきぱき動き、5分後にはオーダーした品が全部揃った。

ぼくたちはそれを積み重ねて大型の台車に載せると、ごろごろと押しエレベーターに乗る。そして9階から1階に下りていった。

「こんなことなら『レッド・キャタペット』を持ってくれればよかったな」

ヘラ沼が言ったが、ぼくは首を横に振る。

「それはダメだ。あんなものを使ったら目立ちまくりで、却《かえ》って大変なことになる」

「む、それもそうか」

ヘラ沼はあっさり自分の意見を撤回した。

少年隊の3人は、舗装道路を、がたがたと大型台車を押しながら、オレンジ新棟へ向かう。

土手の桜並木は、葉桜で綺麗《きれい》だった。


2時間後。

オレンジ新棟3階の秘密の間に〈いのち〉専用の居住スペースが完成した。

ショコちゃんが2階病棟から粉ミルクを入れた哺乳《ほにゅう》ビンを持ってきた。

〈いのち〉はそれに吸い付き、あっという間に、こくこくと飲み干してしまう。

「大変大変、大至急追加をお願い。そうね、あと3本かな」

赤木看護師さんが急いで2階へ降りていく。

ショコちゃんの読みは的確で、ピッタシカンカンだった。

2本と半分を飲み終えると、小さくあくびをした〈いのち〉は身体を丸めて、くうくう、と寝息を立て始める。

ショコちゃんは、〈いのち〉に白いシーツを掛けながら言った。

「部屋には2階の病棟で見られる監視カメラがあるから、しばらくは大丈夫でしょう。それじゃあ今から2階のカンファレンス・ルームでお茶をしながら、今後の方針について相談しましょう」

お茶ならお茶菓子が出るよな、と嬉《うれ》しそうにヘラ沼が、ぼくに囁《ささや》いた。

9章

4月27日（木）

悪い予感ほど
よく当たる。

〈いのち〉が無事にオレンジ新棟3階に入院（?）して1週間が経った。

チーム曾根崎プラス4人は毎日、オレンジ新棟に通った。

美智子と三田村の変貌《へんぼう》ぶりには驚いた。美智子はもともと面倒見がよかったけれど、〈いのち〉に対しては輪を掛けて熱心だった。

その様子はまさに「ママ」と呼ぶしかない。

三田村の変化は更に劇的だった。アイツが毎日塾をサボるなんて考えられない。〈いのち〉ノートを作って、毎日詳しく観察して記録しているのは論文を書く気満々で、「ネイチャー」を狙っているのは間違いない。

でも元気な中学生がわらわらきて病棟をうろついていたら、かなり目立ってしまう。ましてや「ネイチャー」ものの新種生物がいるのだから、医学部で秘密を守り通せる自信はなかった。

ぼくは、論文関連になるとやたら鼻が利く、フクロウ怪人の藤田教授に嗅《か》ぎつけられることを恐れていた。

悪い予感は的中した。

けれども秘密を嗅ぎ当てたのは思わぬ人物だった。

この1週間の〈いのち〉の成長には目を瞠《みは》らされる。

生まれた翌日「おすわり」し、ハイハイは生後4日目。6日目には立ち上がり歩き始めた。

口にするのは水分と果物だけ。肛門《こうもん》がないからおしめの心配をしなくていいのは大助かりだけど、ずっとこの状態が続くのはちょっと心配だ。

その日、チーム曾根崎の4人は揃ってオレンジ新棟へ向かい、外付けの階段で3階に上がると、いつもと雰囲気が違っていた。

いつもは看護師さんはひとりなのに、ショコちゃんの他に看護師さんが2人いた。そして白衣姿の背の高い男の人が立っていた。

「赤木先生……、どうしてここに？」

思わずぼくが言うと、ぎょろりと大きな眼でぼくを見て、赤木先生は大声で言った。

「どうしてここに俺がいるか、ソネイチャンにはその理由がわからんのか」

ショコちゃんの陰で新人看護師の赤木さんが身を縮めていた。

妹の挙動が変だと思ったお兄さんが、妹を問い詰め事実を摑《つか》んだんだ、とぴん、ときた。赤木先生は続ける。

「最近、ストッパー佐々木は朝のカンファをサボるし、ソネイチャンもそわそわしている。そこに見慣れない中学生がオレンジをうろついているというウワサが聞こえてきた。だから真紀子《まきこ》を問い詰めてみたら白状したってわけだ」

「ごめんなさい、下手したら如月師長もクビになるぞ、と脅されて……」

赤木先生の妹さんは涙声で言った。赤木先生はうなずく。

「脅しなんかじゃないぞ。病院で業務以外のことをすれば服務規律違反だから、病院業務委員会に上申しなくちゃならん。それにしてもコイツは一体何だ？　こんなすごい素材を見つけたのに、なぜすぐに俺に報告しなかった。これだけでも『ネイチャー』ものの大発見だぞ」

美智子が嚙《か》みつくように言う。

「だから教えたくなかったんです。この子は絶対に実験材料にさせませんから」

「それならなぜ『この子』はここにいる？　大学病院にいられるのはお金を払った入院患者か、研究に役立つ実験動物かのどちらかだ。『この子』はどっちなのかな」

美智子は唇を嚙んで、赤木先生を睨《にら》みつける。

赤木先生が肩をすくめる。

「まあ中学女子を問い詰めるのは酷だから、ここは病棟責任者の如月師長にお答え願おうか」

「医療の目的は困っている人を助け『いのち』を守ることです。この子は身寄りがないので、あたしが独断で保護しました」と、ショコちゃんは毅然《きぜん》と答えた。

「博愛精神はご立派だが、説明になってない。それなら桜宮動物園で保護してもらえばいい」

「〈いのち〉ちゃんは動物じゃないから、動物園に入れるわけにはいかないわ」

「〈いのち〉っていうのがコイツの名前か。いい名前だが、コイツはどう見ても人間ではない。それなら動物園に入れるか、医学部で研究対象にするかのどちらかだ」

「桜宮動物園は3年前に潰《つぶ》れたんだけど」とヘラ沼がこそっと言い返したけれど、赤木先生にぎょろりと睨まれて黙ってしまう。

ショコちゃんはそのやりとりの間中、落ち着きなくキョロキョロしていた。

そういえばこの場に佐々木さんがいないのは不自然だと気づいた時、外付けの非常階段の扉が開いて、佐々木さんが入ってきた。

続いて白衣姿の中年の男性が姿を現した。以前、教授会で見たことがある人で、確か不定愁訴外来とかの教授だっけ。ショコちゃんがほっとした顔で言う。

「田口《たぐち》教授、お待ちしていました。この子の扱いについて先日、先生に極秘に相談しましたが結論は出たでしょうか」

「はて、何のことでしょうか?」と田口教授は首を傾げる。

「やだわ、田口先生ったら冗談ばっかり。新種生物を保護したので東城大としてどのように対応すればよろしいでしょうか、とリスクマネジメント委員会委員長の田口教授にお尋ねしたら、結論が出るまでオレンジで保護して様子を見てくださいとおっしゃったじゃないですか」

「そう、でしたっけ……」

戸惑った声を聞いて、これはショコちゃんのでまかせだ、と直感した。

赤木先生が言う。

「田口教授がアドバイスしていたとは驚きです。動物実験が大嫌いで、論文も書かずに准教授に昇格したと思ったら、佐々木君のケース・レポートを書きまくって博士号を取り、3年前にコロナ対策本部長になった勢いで一気に教授に上り詰めた伝説の異端児ですからねえ。今は『黎明棟《れいめい》』のプレジデントでしたっけ？」

「いえ、今の黎明棟プレジデントは、兵藤《ひょうどう》先生です。今年の初めに人事異動があって、私は『黎明棟』ではお役御免となりました。でも『東城大の駆け込み寺』と呼ばれる私のところには、なぜか相変わらずトラブルが舞い込んで来まして。若月師長が黎明棟を立ち上げた時もアドバイザーにされましたし、新型コロナウイルス対策本部長もそうで、なし崩しにいろいろ押しつけられる体質で今回もその伝のようです」

さすが年の功、ナイスないいわけ。

隣であからさまにほっとした表情のショコちゃんがすかさず言う。

「というわけでこの件は近々、正式に病院管理会議に報告しますので、ご心配なく」

赤木先生は、ちっ、と舌打ちをすると、誰に言うでもない口調で言った。

「コイツは東城大の救世主だ。コイツがいれば論文を大量に書けて、低迷している東城大学医学部の研究部門は日本一、いや、世界一にもなれるかもしれないぞ」

「その名誉ある論文は、私たち4人と佐々木さんで書きます。残念ですが赤木先生のお名前は、論文には載りませんから」と三田村が言う。

「ほう、中坊を手なずけるとは、ストッパー佐々木は抜け目ないな。まあいい。症例報告の名誉は発見者である君たちに譲るよ。俺がほしいのはコイツの神経細胞だけだからな」

「神経細胞？　なんでそんなものを？」とぼくが訊《たず》ねる。

「まったく、ソネイチャンは忘れん坊だな。この間レクチャーしただろ。ホジキンが神経線維の電位の変化を調べるため、イカの規格外に太い神経線維を使って研究したのと同じだ。コイツの神経をちょっと頂戴《ちょうだい》すれば、論文が何本も書けるだろう」

「神経を取る、ですって？　そんなこと絶対させません」と美智子は頑強だ。

「尺骨《しゃっこつ》神経の一部をほんの少し採取するだけだから、『いのち』に別状はないよ」

「そうしたことは、新規動物実験の申請を出していただいての判断になります」

田口教授の言葉に、赤木先生は再び舌打ちをする。口八丁手八丁の赤木先生をひと言で抑え込むなんて、田口教授は、ただ者ではないのかもしれない。

「今日のところは田口教授に免じて引き下がりますが、俺は諦《あきら》めませんからね」

肩をそびやかし、外付けの非常階段を降りて行く赤木先生の後ろ姿を見送る。

「さて如月さん、詳しい事情をご説明願えますか」と田口教授が穏やかに言う。

手短に経緯の説明を聞いた田口教授は言った。

「お話を伺った限りでは、赤木先生の言い分の方が正当ですね」

「赤木先生のスキームに従うと、どうなるんですか」と佐々木さんが訊ねる。

「前例がないこうしたケースでは、臨時教授会を招集し、委託検討委員会を立ち上げ、経過をレポートしつつ文科省に報告して、最終的には学長裁定になるでしょうね」

「大学病院の仕組みに興味はありません。〈いのち〉ちゃんがどんな目に遭わされるか、それを知りたいんです」

美智子のきっぱりした口調に、田口教授は困ったような顔で答える。

「それは教授会の判断によるので、私にはわかりかねます」

「この子がどんな扱いをされるか見当もつかないなんて、それでも教授なんですか」

明らかに美智子の抗議は度を越して失礼だ。でも田口教授は忍耐強く対応する。

「あなたが心配するお気持ちはわかりますが、大学病院のシステムも、中にいる人にとっては大切なのです。ところで如月師長、小児科病棟の責任者の副島《そえじま》准教授に報告しましたか？」

ショコちゃんはうつむいて、首を横に振る。

「いえ、まだです。本来なら副島准教授にもメンバーに入っていただきたいんですが、先生は生真面目で融通の利かないところがあり、事態を報告したらパニックになって何を言い出すかわからないので、様子を見させてもらっています」

「越権ですが、実利的な判断かもしれません。いずれにしてもコトは重大で私の手に余ります。とりあえず困った時の神頼み、東城大の現人神《あらひとがみ》に相談しにいきましょう」

「田口教授の唯一のストロングポイントは、学長とのホットラインですもんね」

ショコちゃんの言葉は、かなり失礼な物言いだけど、その名前を聞いて、謝罪記者会見の時にぼくにやさしい言葉を掛けてくれた、小柄な男性の笑顔が浮かんだ。

IMP（いのちを・守れ！・プロジェクト）メンバーのぼく、美智子、ヘラ沼、三田村、佐々木さんにショコちゃんの6名は、田口教授と共に旧病院3階に向かう。

東城大には新旧のツインタワーがある。灰色の旧病院棟は「黎明棟」と呼ばれて、今はホスピス棟とコロナ病棟になっていて、その3階に学長室がある。

学長は大学で一番偉い人だけど、気さくで話しやすい。

エレベーターに乗り込んだショコちゃんは言う。

「腹黒ぽんぽこの高階《たかしな》学長は、もうお歳でしょ。いつまで居座るつもりかしら」

「如月さん、それは禁句です。あの方は引退したがり屋さんで、引退の口実を鵜《う》の目鷹《たか》の目で探しているんです。今、東城大には虎視眈々《こしたんたん》と利を狙う餓狼《がろう》がうろついています。高階学長が重石《おもし》になってくださっているから、かろうじて均衡が保たれているんです」

「そういえば数年前、高階学長が田口教授を後継者に指名したというウワサもありましたね」

「冗談言わないでください。あんな無茶な申し出は、即座にお断りしました」

「やっぱり本当だったんだ、あのウワサ」

田口教授は、はっとして口元を押さえたけれど、時すでに遅し、だ。

ぼくは田口教授をレスキューしてあげたくなって、別の質問をした。

「学長に定年はないんですか？」

「ええ。大学病院が国立でなくなり独立行政法人になってから、定年も各施設で決定できるようになり、複数の大学の教授職の兼任も可能になったんです」

エレベーターの扉が開くと、左右に無機質なドアが規則正しく並んでいる。

その突き当たりに、ひとつだけ木製の扉があった。田口教授が扉をノックすると、

「どうぞ」という穏やかな声がした。

扉が開く。高級木材の黒檀《こくたん》製両袖机《りょうそでづくえ》の前に座った、小柄な男性が口を開いた。

「これはこれは、田口先生だけでなく、こんな若い人たちがお見えになるのは滅多にないことです。おや、スーパー中学生の曾根崎君とスーパー高校生だった佐々木君のお顔も見えますね」

「その節はお世話になりました。今は草加先生の教室にお邪魔しています」

ぼくはぺこりとお辞儀をした。

「それは何よりですが、如月さんまでご一緒とは、イヤな予感がしますね」

「その予感は当たりです。高階学長、実はご相談がありまして……」

田口教授が切り出そうとすると、高階学長は遠い目をして窓の外を見た。

「昔はよく私が田口先生に、そんなお願いをしていたものです。今や真逆で、私は田口先生の操り人形になったわけです。ここまで来たら一刻も早く学長の座を田口先生にお譲りして隠居したいものです。喜寿も近いのに、なんでこんなにも働かされなければならないのか、まったく解せません」

「それは天命ですよ。というわけで愚痴を聞いて差し上げた代わりに、ひと働きしていただきたいのです」

指名される前に、自分から説明役を買って出たのは美智子だった。

「初めまして、学長先生。桜宮中3年B組の学級委員の進藤美智子と申します。お願いです。あたしたちの〈いのち〉ちゃんを守ってください」

自己紹介は礼儀正しいけど、その後のお願いは気持ち丸出し、ど真ん中の剛速球だ。

「〈いのち〉ちゃんというのは、あなた方にとって、とても大切な方なんですね」

高階学長が冷静に応じると、机上の電話が鳴り、学長は受話器を取る。

「はい、今来客中ですが……わかりました。それならすぐお越しください」

受話器を置いた高階学長は、田口教授とショコちゃんを交互に見ながら言う。

「草加教授です。オレンジ新棟の不祥事について話したいというのでお通しします」

もう赤木先生が動いたんだ、とびっくりした。ショコちゃんが小声で言う。

「いきなり正念場ね。ここはきっちり踏ん張らないと」

5分もせずにノックの音がした。白髭《しらひげ》の仙人、草加教授の後に続いて部屋に入ってきた赤木先生は、ぼくたちを見て、ち、と舌打ちをした。

「田口教授自ら謀反メンバーを引き連れ、トップと密談とはなかなか素早いですね。お人好しのボンクラ教授かと思いきや、見かけと違い切れ者の遣《や》り手だったとは……」

「ボンクラというのは正当な評価です。若い頃は『天窓のお地蔵さま』と呼ばれ、お爺《じい》さんやお婆さんにお供えをもらったりして、何とか生き延びてきたもので……」

「ま、いいです。そういうことにしておきましょう。草加教授、私が事情説明をしてもよろしいでしょうか」

「そうか。私は構わんよ」とうなずく白髭仙人・草加教授には大人の風格が漂う。

それにしてもタヌキにお地蔵さま、仙人、モアイに爆弾娘が勢揃いするなんて、東城大って花やしきのお化け屋敷みたいだ、と愚にもつかないことを考えてしまう。

「不祥事の当事者が一堂に会しているのは好都合です。この連中は大学上層部の許可を得ずにオレンジ新棟3階で巨大新種生物を飼育しています。これは実験倫理、あるいは診療倫理上で、東城大のルールに反しています。学長には直ちに厳正な処分を下していただきたいのです」

それから赤木先生は、ちらりとぼくを見て言う。

「ここに問題児、曾根崎君がいるのは偶然ではありません。彼は医学の精神を理解していません。私も半年以上指導しましたが根本的な矯正は難しく……」

ぼくは何も言い返せなかった。1年前の古傷がえぐられたように、ずきずき痛む。

「赤木先生、未熟な中学生を個人攻撃するなんて、先生らしくありません」

佐々木さんがすかさず抗議してくれた。

「それくらい俺にはショックな出来事だった、ということだよ。今の状況は曾根崎君に信頼されていないということ、つまり俺の医学に対する気持ちを理解してもらえていないということだからな」

「先生の医学に対する気持ちって何ですか。右も左もわからないあの子を、実験材料としか見ないのが医学なんですか」と、ポニーテール野獣と化した美智子が嚙《か》みつく。

「正しいかどうかは俺にもわからん。だから東城大の先生たちに議論してもらい、処遇を決めてもらう。君たちは大学病院のルールを踏みにじっている。だが俺はルールに従って対応したいだけだ」

美智子は黙り込んだけど、美智子が間違っているとは思わない。議論の様子を眺めていた高階学長は、立ち上がると白衣の袖を引っ張り、皺《しわ》を伸ばした。

「さて、議論する前に、まずは現場に出掛けましょう」

「現場って、どこへですか？」とショコちゃんが訊《たず》ねる。

「オレンジ新棟3階です。実物を見なければ、判断できませんから」

10人の大所帯の先頭はショコちゃんと美智子、後ろにヘラ沼と三田村、次に赤木先生と草加教授、そして佐々木さんと田口教授、最後がぼくと高階学長だ。

道行く患者さんやスタッフの人たちがぽかんと二列縦隊の行列を見送っていた。

ぼくの前を歩く、佐々木さんと田口教授の会話が聞こえてくる。

「佐々木君は相変わらず〈光塔《ミナレット》〉に住んでるのか。あの仕事は大変だろう」

「だいぶ慣れました」と言葉少なに答える佐々木さん。深刻そうな話だ。

「新局面になったら、できるだけ協力させてもらうよ」と田口教授が付け加えた。

雑木林を抜けてオレンジ新棟の前に出た。行列は外付けの非常階段を上る。

3階の扉を開けた瞬間、辺りの空気が震えた。「ミギャア」という大声に耳を塞《ふさ》ぐ。

「〈いのち〉ちゃん、どうしたの？」と美智子が部屋に飛び込んでいく。

〈いのち〉は床にひっくり返り手足をじたばたさせていた。

傍らで赤木看護師が途方に暮れて立ちつくしていた。手には空っぽになった哺乳《ほにゅう》ビン。床に空の5本のビンが転がっている。

美智子は〈いのち〉の身体をとんとんする。第2波「ミギャア」砲がぶっ放されたが美智子は動じず、小声で「竹田の子守唄」を歌い始める。すると〈いのち〉は親指を口にくわえ、おとなしくなった。美智子の澄んだ歌声がプラネタリウム・ドームに響く。〈いのち〉がすやすやと寝息を立て始める。

美智子は子守唄をフェイドアウトさせながら立ち上がる。

「今の声、外に漏れたな」とぼくが小声で言うと、美智子はうなずく。

「なるほど、この子が〈いのち〉君ですか。興味深い存在ですね」と高階学長が言う。

「学長先生も、この子を研究対象として見るんですね」美智子が睨《にら》みつける。

「この子を生かすため考えなければならないことです。この子に何かあった時に医学で対応できるよう、この子を深く知る必要がある。そのひとつの方法が医学です」

「研究しないと、この子に何かあった時、対応できなくなっちゃうんですね」

「その通り。さすがお母さんはよくわかっていますね。ここまでの経過を説明してくれませんか」

三田村が、机の上に置いてあった観察ノートを持ってきた。

「これは私が、〈いのち〉君が生まれた時から毎日つけていた観察日記です。これをお読みいただけば、理解の助けになると思います」

三田村が緊張している。コイツの目標は医者になることだから、高階学長は最高峰の憧《あこが》れなわけだ。

観察日記を受け取った高階学長はテーブルの上にノートを広げ、周りを田口教授と草加教授、赤木先生が囲む。高階学長が「ふむ」とか「ほう」とか「なるほど」と呟《つぶや》いている隣で赤木先生が「なんと」とか「まさか」とか「いやいや」などと別系統の感嘆詞を発する。

読み終えた高階学長はノートを三田村に返した。

「大変参考になりました。赤木先生、この観察日記の出来はいかがですか」

「論文のデータとして十分使用可能なレベルです。若干、欠けている視点もありますが、今なら簡単に補正できます」と、赤木先生は口ごもりながら答える。

「赤木先生は、東城大の基本ルールに従うとおっしゃいましたね。〈いのち〉君を東城大の実験系に乗せるなら、まずエシックスの沼田《ぬまた》先生に相談するのが筋ですが」

田口教授がそう言うと、赤木先生は動揺の色を見せた。

「そうしたら迅速性が損なわれ、下手すると実験にたどり着けなくなってしまいます」

「でも、それが正式なルートですよね」

「ああ、俺はどうすればいいんだ……」と赤木先生は頭を抱えた。

以前教授会で見た沼田教授の話をしているらしいけど、その顔は思い出せない。

腕組みをしていた高階学長が言った。

「では学長権限で仮指令を出しましょう。巨大新種生物、仮称〈いのち〉君を東城大医学部のオレンジ新棟で保護すると仮決定し、科学的観察は中学生チームを中心にして、やってもらいます」

「あたしたちはＩＭＰ、『〈Ｉ〉いのちを〈Ｍ〉守れ！〈Ｐ〉プロジェクト』を、すでに結成済みです」とすかさずショコちゃんが言う。

「さすが如月師長、手回しがいい。加えて『神経制御解剖学教室』に学術支援をお願いします。ただし客観的な観察による生態情報収集に限定し、対象を傷つける行為は禁止します」

頭を抱えていた赤木先生は、いきなり元気を取り戻して顔を上げた。

「つまり非侵襲性の観察は許容されるんですね。ご配慮、感謝します」

「それと中学生の学術研究班を指導してください。俺もサポートしますから」と佐々木さんが言う。

「佐々木も加わるなら、立派な観察日記をつけた少年が研究の主体で異存はない」

「ふむ。これで、お母さんは納得してもらえますか」と高階学長が確認すると、美智子はうなずく。

「この子に危害を加えないのなら、了解します」

「では仲直りのしるしに研究者代表の赤木先生と曾根崎君は握手してください」

「ぼくは赤木先生の教室にお世話になっているので、仲違《なかたが》いはしていません。握手が必要なのは美智子、じゃなくて進藤さんと赤木先生かと」と、ぼくは言った。

「なるほど、では進藤さんと赤木先生で握手してください」

一瞬戸惑った美智子だが、赤木先生が差し出した大きな手を握り返す。

「この仮裁定の有効期間は2ヵ月。その間に『ネイチャー』に論文を投稿してください。東城大の理事会に掛けた時、『ネイチャー』論文があれば、私たちの言い分は簡単に通るはずです。三田村君、やっていただけますか?」

高階学長に言われて、三田村は力強く答える。

「全力を挙げて、超特急で仕上げます。赤木先生、ご指導よろしくお願いします」

お、おう、と口ごもる赤木先生にぼくが言う。

「コイツはぼくよりも数倍も優秀な秀才ですから、心配はいりませんよ」

「それを聞いて安心したよ」と赤木先生は、今日初めて笑顔になった。

「ではみなさん、仲良く協力して〈いのち〉君を見守ってあげてください」

そう言うと、高階学長は草加教授と連れ立って、部屋を出て行った。

田口教授は「こんな感じでよろしかったですか」と、ショコちゃんに確認する。

「そうですね。でも物事を収束させたのは高階学長のお手柄だから、それを田口先生にお答えするのはおかど違いな気がします」

「私もそう思います」と肩をすくめて、田口教授は部屋を出て行く。

後にはＩＭＰプラスワン、合計7名が残った。

いきなり元気を取り戻した赤木先生が言う。

「これからは大学のシステムを転用する。その方が安全かつラクに物事を運べるからな。取りあえず赤木家をベース基地にして看護日誌と俺の観察日誌を配信するから、三田村君も日記を送ってくれ。君たちも閲覧できるようにデータを統合して、教室に置いておく」

そう言うと、赤木先生はしみじみとぼくを見た。

「それにしてもソネイチャンが『ネイチャー』に再挑戦するとはねえ。いやあ、少年はしぶといしぶとい」

10章

5月3日（水）

おとなの世界は

複雑すぎる。

5月、ゴールデンウィークになるとぼくたちは毎日、代わる代わるオレンジ新棟に行き、〈いのち〉に付き添った。特に美智子は朝から晩まで〈いのち〉べったりで面会時間が終わっても帰ろうとしない。仕方なく男子が無理に引き剝《は》がし家に帰した。

そんな中でぼくは久しぶりにパパに報告メールを書く気になった。「たまご」を発見した経緯、〈いのち〉の孵化《ふか》、搬送騒動、赤木先生とのトラブルと和解についてなど、かなり詳しく書いた。

ここ半月で起こったことはひとつだけでも大事件なのに、波状攻撃でやって来たから、報告をするゆとりがなかった。でもここに来て少しゆとりができたわけだ。

ぼくは今朝届いた、パパからの最新メールを開く。

パパは相変わらず、淡々と朝食のメニューをメールしてきていた。

✉Dear Kaoru,　今日の朝食は〈コングリオ〉のスープだった。Shin

✉カオル→パパへ。2週間メールを書かなかったけど、『また世紀の大発見をしそうです』と書いた通り、『ネイチャー』級の大発見をしたよ。

ここまで返信を書いて、さっき書いた報告書をコピペし、「ところで〈コングリオ〉って何ですか？」と最後に素朴な疑問を加えて送信した。

チロリン。速攻で返信が戻ってきた。海の向こうでは今日もパパは眠っていないようだ。

✉ Dear Kaoru,　まさに世紀の大発見だね。前回、君は大変な目に遭ったけれど、今回は用心深く対応しているようだ。普通なら大丈夫と太鼓判を押すところだが、君の発見があまりにもエキストラオーディナリーなので、ひょっとしたらまたとんでもない事態に巻き込まれてしまうかもしれない。くれぐれも用心しなさい。今のところアドバイスはないが、とんでもないことが起きそうな気配があったら、迷わずメールすること。君が今回関わっているのは、一瞬のためらいが致命傷になるような、そんなレベルの大発見なのだから。Shin

PS　〈コングリオ〉というのは南米の深海に棲息《せいそく》するアナゴのような魚で、スープが旨《うま》い。ノーベル賞詩人パブロ・ネルーダの大好物だ。

メールを読んで頭がくらくらした。

悪代官・藤田教授の陰謀をマサチューセッツから事前に察知し粉砕してくれたあのパパでさえも、予測不能の事態ってどんなことだろう。

「エキストラオーディナリー」なる見慣れない単語を調べてみたら「尋常ならざる」だの「並外れた」に加えて「突飛な」とか「異常な」という意味まであるとわかって辞書を閉じる。

以前、学術誌を見て「マグニフィスント」という単語を調べた時並みの衝撃だ。

気を取り直し〈コングリオ〉という単語をネット検索してみた。確か「ヤバダー」ではまだ取り上げられていないはずだ。今度、リクエスト葉書を書いてみよう。

そうしたらガイド役は「さかなクン」だろう。「さかなクン」は憧《あこが》れの人だ。

その時また、チロリン、と音がした。こんな風にパパが立て続けにメールしてくるなんてあの大トラブル以来だな、と思いながらモニタ画面をみたぼくは、一瞬で固まってしまった。

✉明後日《あさって》5月3日、桜宮に行きます。ママも同行します。山咲さんに会わせてください。忍

〈いのち〉の件だけでしっちゃかめっちゃかなのに、〈ボウレス・ニンフ〉まで襲来するなんて、久々の超絶クライシス。でも、パパへの報告メールを書き終えていてよかった。順番が入れ違っていたら、相談ごとがもうひとつ増えていただろう。


翌朝、オレンジ新棟に行くと他の3人は勢揃いしていた。

三田村は毎日、朝一番に来て観察日記をつけて進学塾に行き、塾が終わる夕方に戻って来て観察日記をまとめていた。美智子は当番の看護師さんと〈いのち〉の面倒を見ていた。ヘラ沼は頼まれたことはやるが、自分から進んで何かしようとはしない。

ぼくは、〈いのち〉の周りの人を観察して楽しんでいた。

〈いのち〉は、果物は食べるけれど肉や魚は食べない。穀物類も口にしない。

それなのにぐんぐん育ち、今や身長は2メートルを超えた。どこまで大きくなるつもりなのだろう。

もし身長が10メートルを超えたら、匿《かくま》う場所がなくなってしまう。

そんな〈いのち〉の異常な成長ぶりを見て、赤木先生はほくほく顔だ。〈いのち〉が大きくなればなるほど、神経細胞も巨大化して実験しやすくなると考えているのが丸わかりだ。

そんなことを考えながら、ぼくは美智子が持参した弁当を上の空で食べた。

美智子のママが作ってくれた弁当らしい。すると美智子が心配そうに言う。

「カオル、何か心配事でもあるんじゃない？　顔色がすごく悪いけど」

う、鋭いヤツ。左右を見回すとヘラ沼は部屋の隅にあるベッドでお昼寝中だし、三田村は塾で不在だ。ぼくは小声で「実は明日《あした》、忍が家に来るんだ」と告白した。

「え？　あの不良娘が？」

「うん。おまけに理恵先生も一緒に来るらしい」

「ええ？　そんなことされたら、カオルの家はメチャクチャになっちゃうじゃないの」

美智子はぼくの家庭事情に精通しているけど、内実は理解していない。

山咲さんと理恵先生は、どんなときでも冷静に話せそうだし、忍も、さすがにママと一緒ならそんなに弾《はじ》けることもないだろう。それにぼくには、「どん底」の件を言いつけるという切り札もあるし。

ただ、ぼくは、理恵先生に何をどう言おうか、決めかねていた。

「参ったなあ。産みの親と育ての親がバッティングするなんて、どうすればいいんだ」

「ほんと、自己中な女ね。断っちゃえば？」

「それもアリかな。ぼくはＩＭＰの主要メンバーだから、事情を説明すれば理恵先生は理解してくれるかも。いや、やっぱダメだ。忍は絶対に、ぼくが逃げ出したと言うに決まってる」

「確かにそう言われたら、返す言葉はないわね」と美智子はあっさりうなずいた。

∴

翌5月3日はよりによってドピーカンだった。

忍と理恵先生は朝10時の新幹線で桜宮に到着予定なので、朝一でオレンジに行き〈いのち〉の様子を確認して家に戻った。

連休になってぼくがオレンジを途中離脱するのは初めてだ。

桜宮駅前の三姉妹のブロンズ像の前にいると新幹線が駅に入ってきた。

緊張して改札で降車客を待つ。やたら元気なお爺《じい》さんが改札を抜け、横を通り過ぎると、しばらくして人影が二つ見えた。

忍は長い髪に眼鏡の地味っ子スタイル。理恵先生は白いスーツ姿だ。

改札を出た忍が「お迎え、ありがと」と言う。

でもぼくの耳には「出迎え、大儀であった」と聞こえた。

たぶんこの前すり込まれたマウンティングの成果だろう。

理恵先生は立ち止まり、ぼくを見つめた。

息が詰まりそうなくらい長い凝視の果てに、理恵先生は、ふっと微笑した。

「三田村クンは、本名ではなかったのね」

「すみませんでした。改めて自己紹介します。曾根崎薫、15歳。桜宮中学3年B組と東城大学医学部で勉強中です。ようこそ桜宮へ。あ、違った。お帰りなさい」

理恵先生は深呼吸すると、「帰ってきたわね、桜宮に」と言って空を見上げた。


「メゾン・ド・マドンナ」と行き先を告げると、タクシーの運転手は顔をしかめた。歩いて10分程度、タクシーでワンメーターの近距離だからだろう。

理恵先生、忍、ぼくの順に並んで座ったタクシーの後部座席で会話はなかった。ワケあり一家と誤解されたかも。まあ、確かにワケありだけど。

5分後、マンションに着くと、理恵先生はエレベーターに乗り込む。最上階に到着すると、ドアホンを鳴らす。扉が開くと、エプロン姿の山咲さんが立っていた。

「ただいま、お母さん」と理恵先生が言う。

緊張していた山咲さんの表情が、ふっと緩んだ。

「おかえりなさい、理恵ちゃん」

隣で忍がぺこりと頭を下げて、手にした紙袋を差し出した。

「初めまして。山咲忍です。これ、つまらないものですが」

山咲さんは、じっと忍を見つめ、それから深々と頭を下げる。

「こちらこそ初めまして。カオルちゃんと一緒に暮らしている、山咲みどりです」

それから山咲さんはぼくに向かって言う。

「カオルちゃん、おふたりをリビングに案内して。紅茶を淹《い》れるから」

いつもは4人掛けのテーブルに、ぼくと山咲さんが向かい合いで座っているけど、今日は4人だ。ぼくの隣は山咲さん。真向かいは忍、はす向かいに理恵先生が座る。

このテーブルが満席になったのは初めてかも。カップに山咲さんが紅茶を注ぐ。

「東京ばな奈《な》ね。私の好物を覚えていてくれたのかしら、理恵ちゃん」

「ううん、違うわ。忍が一度、食べてみたかったんですって」

「東京駅ではよく見るのに、東京人には幻の名物なんです」と忍は小声で言う。

「幻というのは違うだろ。あれだけ駅ナカにあるんだから」

「うるさいなあ。じゃあ何て言えばいいのよ」と咄嗟《とっさ》に嚙《か》みついた忍は、うっかり本性を見せてしまったことに気がついて身を縮める。

コイツも緊張することがあるんだ、となんだか微笑ましい。

おととい忍からメールが届いた時は一瞬悩んだけど、結局山咲さんに報告した。

でも悩む必要なんてなかった。家に理恵先生と忍が一緒に来るのに、山咲さんに報告せずに済ませるのは不可能だ。

一瞬躊躇《ためら》ったのは、忍と知り合った経緯を説明しなくてはならないからだ。

原宿の広場でバイオリン弾きの大道芸をしていた女の子にナンパされたと思ったら実の妹だった、なんてメルヘンチックな話は真実だけど、理恵先生も一緒にやって来たらうまくごまかせる自信はない。

なにしろぼくは理恵先生のクリニックを修学旅行の自由行動の見学先にして、しかも偽名で訪問した不届き者だったからだ。

ない知恵を絞ってたどり着いたのは、雪隠詰《せっちんづ》めの死地だった。

仕方なくぼくは、セント・マリアクリニック訪問の経緯を山咲さんに、洗いざらい全部話した。陰干ししていた昔の葉書を偶然見たこと。そこに書いてあった住所にあるクリニックを訪問したこと。その直前に原宿で偶然、忍と知り合ったこと。

説明したら意外に単純な話だった。もっとも人間関係は複雑怪奇なんだけど。

ぼくの説明を聞いた山咲さんは、ため息をついた。

「カオルちゃんも、とうとう本当のことを知ってしまったのね。今、説明してもいいけど、理恵ちゃんが家に来るならその時に一緒に話してもいいかしら？」

おっとりした山咲さんの口調に拍子抜けして、「うん、いいよ」と反射的に答えてしまった。ぼくはそのことを2日間後悔し続けた。その間、寝床の中で、どんなことになってしまうんだろう、と煩悶《はんもん》する羽目になったからだ。

なんとか持ちこたえることができたのは、ゴールがほんの2日後だったからだ。

これが半年先だったら、ぼくは寝込んでいたかもしれない。

とにかく、こうしてわが家にとって、パパを除いた家族が全員顔を合わせるという、今さらながら奇妙で、エキサイティングなお茶会が始まった。


「忍ちゃんはバイオリンが得意なのね。今度聞かせてほしいわ」

山咲さんがほんわかした口調で言うと、忍が勢い込んで言う。

「いつでもOKです。いつがいいですか？」

「夏休みあたりにしようかしら。でも受験生は、この夏休みは勉強が大変でしょ？

忍ちゃんは進路は決めたの？」

「中高一貫のエスカレーター式の女子校なので、受験はしないんです」

「お前は成績がいいから、大学は医学部でも受けるんだろ」

「ううん、医者にはなりたくないわ。だって忙しすぎて、自分がすり減ってしまいそうだもの」

それは幼い頃、お母さんに構ってもらえなかった忍の当てつけにも聞こえた。

理恵先生は、話題をさりげなく、ぼくに向けた。

「薫さんは東城大学医学部に通っているそうだけど、それってどういうことなの？」

「それはいろいろありまして」とぼくが口ごもると、忍が口を挟んだ。

「お兄ちゃんは2年前の『全国統一潜在能力試験』で全国トップの成績を取って、飛び級で東城大学医学部に入学した桜宮のスーパースターなの。ちなみにあたしは全国7位だった。お兄さまには敵《かな》わないわ」

そう言って忍はちろりと舌を出す。

げ、コイツはズルなしであのテストで全国トップテン入りしたってのか。末恐ろしいヤツ、なんて思っていたら、山咲さんがほんわかした口調で、とんでもないことを口にした。

「カオルちゃんが出たサクラテレビの番組を録画してあるんだけど、見たい？」

「是非、見たいわ」「うわー、見たい見たい」「絶対ダメだ」と3人の声が交錯した。

山咲さんは困り顔で言う。

「あたしも久しぶりに見たいんだけど、どうしてもダメ？」

「絶対ダメに決まってるだろ。てか、あんなもの、とっとと消してよ」

「というわけなので、残念だけど2人とも今日は諦《あきら》めてね。そのうちカオルちゃんの気が変わるかもしれないから、それまで待っていてね」

「残念だけど、そんな日は永遠に来ないからね」とぼくはきっぱり宣言する。

「うーん、それは残念ね」と言う理恵先生は、紅茶をひと口飲んだ。

それから改まった口調で言う。

「そろそろ、大切な話をしましょうか。忍には中2の時、あらかたの事情は説明したの。そのことは伸一郎《しんいちろう》さんにも報告したけど、薫さんについてはあの人の判断に任せた。あの人は面倒臭がりだから、たぶん伝えていないだろうと予想はしていたけど」

「バッチリ当たりです。中2のいつ頃、伝えたんですか？」

「夏休みの直前かしら」と理恵先生が尋ねると、忍はうなずく。

「そう、あれは出生の秘密を知った、14歳の衝撃の夏だったわ」

14歳の8月は、ぼくが大騒動に巻き込まれた、灼熱《しゃくねつ》の夏だったっけ。

「忍は自分を産んだお母さんに会いたいと言い続けていたけど、薫さんの事情がわからないから渋ってたの。でも、クリニックに見学に来た中学生が薫さんだと聞いた時は本当にびっくりしたわ」

「偽名を使ってごめんなさい」

「ううん、その方がよかった。あそこで薫さんだとわかったら動揺して、一緒に来た子に迷惑をかけたもの。産婦人科に興味を持ってくれる女の子は貴重な存在よ」

「いい子ブリッコしただけでしょ」と、忍がぼくにだけ聞こえるように小声で言う。

美智子は付き添ってくれたけど、半分は彼女自身の本物の興味だった。だから忍の言い方はひどすぎる。

けど、ここでぼくがそんな風に美智子を擁護したりしたら、火に油を注ぐようなことになるのは、火を見るより明らかなので、言えなかった。

2人の相性は、ものすごく悪そうだ。「両雄並び立たず」で、『三国志《さんごくし》』を彷彿《ほうふつ》とさせる。美智子が人格者の蜀《しょく》の劉備《りゅうび》なら、忍は呉《ご》の暴れん坊、孫権《そんけん》あたりか。そうすると暴虐の魏《ぎ》の曹操《そうそう》は誰かな、と思いをめぐらしていたらぴったりの人が浮かんだ。

オレンジ新棟のスーパー師長ショコちゃんだ。

3人が一堂に会した光景を思い浮かべ、背筋が寒くなる。

そんな喩《たと》えを考えていると知ったら、忍にどんな目に遭わされるか、想像しただけで卒倒しそうだ。やめよう、こんな妄想。不毛すぎる。

「忍から聞いたけど、ぼくと忍のパパが違うかもしれないって、どういうことですか」

「それってどういうことなの、理恵ちゃん」と山咲さんも驚いたように目を見開く。

理恵先生は視線を泳がせた。それから目を閉じ、何度か深呼吸をすると目を開けた。

「正確に言えば、その可能性があるということね。いろいろ条件が重なって、あの時の私はその選択をしたの。私は子どもを産めない身体だった。でも人工授精の専門家だから自分の卵子と誰かの精子を体外受精させて子どもを作ろうと思って、代理母に3個の受精卵を戻した。精子提供者のひとりは伸一郎さん、もうひとりは、精子を無断使用させてもらった知り合いよ。体外受精は、受精卵が着床しても育たないこともあるの。当時はクリニックも大変な状況で、あれが最後のチャンスだと思って、着床の可能性を高めたくて伸一郎さんとの受精卵2個に、知り合いの精子との受精卵も1個交ぜて戻したの。だからあなたたちのうちひとりは確実に伸一郎さんの子どもだけど、もう片方は別の人の子どもである可能性もある。それは神のみぞ知る、ね」

「つまりぼくと忍のパパはパパAとパパBの可能性があって、どっちかはわからないけど、どちらかのパパは、いつもぼくにメールをくれるパパだということですか」

理恵先生は微笑して言う。

「概《おおむ》ねその通りよ。ひょっとしたら伸一郎さんがパパBかもしれないけど」

その言葉を聞いて固まったぼくを見て、理恵先生はあわてて言う。

「やだ、冗談よ。真面目に取らないで」

こんなことで冗談を言えるなんて、一体どういう神経をしているんだろう。

頭がくらくらした。自分の子どもなのに、実験で使うモルモットの話みたいだ。

自分の中で想像していた「ママ」の姿が、目の前でどんどん歪《ゆが》んでいく。

「子宮に異常があって胎児を胎内で育てられない私に代わって、代理母になってくれ、代わりにあなたたちを胎内で育ててくれたのが私のお母さん。山咲みどりさんはあなたたちを産んでくれた産みの母親、私はあなたたちの生物学的な母親よ」

ぼくは半分納得したけど、ＲＰＧ《ロールプレイングゲーム》をやっているみたいな気分になった。

忍は山咲さんを見つめて言った。

「あの、あたしは、自分を産んでくれたお母さんに、どうしてもお目に掛かってみたかったんです。あの、お腹を触らせてもらってもいいですか？」

山咲さんは一瞬、驚いた顔をしたけど、「いいわよ」と微笑した。

忍は山咲さんに近づき、手を伸ばして山咲さんのお腹を触る。それからふいに崩れ落ちるように膝《ひざ》をついて、「ママ」と言って山咲さんに抱きついた。

その言葉は、不思議な響きがした。

ぼくにはママがいなくて、パパもメールだけでしか知らなくて、一緒に暮らす山咲さんは親切だけど赤の他人のシッターさんだと思っていた。でもぼくはずっとママと一緒に暮らしていて、そのママはぼくのおばあちゃんでもあったわけだ。

ここには本当のママとぼくを産んでくれたママ、そしておばあちゃんという3人の女の人がいるけど、目の前にいるのは2人だけ。

そして、ある日突然現れた、二卵性双生児の妹。

こんがらがった事態を、どんな風にパパに報告すればいいんだろう。そんなぼくの煩悶《はんもん》などつゆ知らず、山咲さんは、ぼくが小さい頃のアルバムを引っ張り出してきた。

「これはゴール寸前まで1位だったのに、最後に転んでビリになった時の写真よ」

「やだあ、お兄ちゃんてば涙目ね。しかも隣で1等賞の旗を持ってVサインしてるのはあの女じゃない」

　コイツは都合のいいとき（ぼくにとって都合の悪い時）だけ、ぼくをお兄ちゃんと呼び、それがまたぼくの自尊心をごりごりと摺《す》り潰《つぶ》す。小学3年の運動会で美智子が転校してきた直後か、とぼくの中で完全抹消されていた古傷が生々しく甦《よみがえ》る。

　ということはぼくの神経細胞（＝ニューロン）はあの記憶を忘れず、こころのどこかで人知れず（というかボク知れず）延々と反芻《はんすう》し続けていたのか。

　もしそれがこころというものであるのなら、赤木先生が目指す「こころの移植」は、とんでもない大事業で、しかもどんな副作用があるかわからない。

　しばらくして、余計なことをしでかしてくれた山咲さんが立ち上がる。

「そろそろお昼にしましょう。準備するから待っててね」

　山咲さんの後を、「あたしも手伝います」と忍が追う。リビングにぼくと理恵先生が残された。理恵先生は、アルバムとぼくを交互に見ていたが、微笑んで言う。

「薫さんも楽しくやっていたのね。少しほっとしたわ」

「すいません。ぱっとしない息子で」

　ぼくは意識して「息子」という言葉を使った。それはこれまでパパにも使ったことがない言葉だった。

　その時初めて、ぼくは気がついた。

ぼくは自分が、誰かの「息子」だという意識が希薄な少年だったのだ。

「よければ、薫さんの部屋を見せてくれないかしら」と、突然理恵先生が言う。

「え？　それはちょっと……。すごく散らかっているので……」

「そうよね、他人に部屋を見せたくなんてないわよね。ごめんなさい」

理恵先生はさみしそうに微笑する。言われて胸がずきん、と痛んだ。

「他人」という言葉が、さっきぼくが意図的に使った「息子」という言葉への、無意識の意趣返しにも思えてしまい、胸が苦しくなる。

理恵先生がそんな言葉を口にしたのは、ぼくが部屋を見せるのを断ったからだ。

「かなり散らかっていますけど、それでよければお見せします」

理恵先生はびっくりしたように目を見開いて、立ち上がったぼくを見上げた。


お邪魔します、と涼しい声で言って、理恵先生は部屋に入った。

ベッドの上の毛布がだらしなく垂れ下がり、机の上には教科書が山積み。隣に大型のデスクトップ型のパソコンのモニタがあり、キーボード周りは奇跡的にきちんとしているのがせめてもの救いだ。

床に散らかったコミック雑誌「ドンドコ」を片付けながら、椅子を勧める。

「よければそこに座っててください。すぐに片付けますから」

理恵先生は座った椅子をぐるりと回転させ、窓の外を見た。

「目の前に新しいマンションが建ったのね。昔はこの窓から東城大が見えたんだけど」

「どうしてそんなことを知っているんですか？」

「だってここは私の部屋だったんですもの」と理恵先生は微笑する。

そうだ、理恵先生は山咲さんの娘でぼくのお母さん。そしてここは理恵先生の実家だから、自分の部屋があって当然だ。

「すみません、だらしなく使ってしまって」

「いいのよ。今は薫さんの部屋なんだもの」

理恵先生は椅子の背に身体をもたせかけて、大きく伸びをした。

「うーん、不自然な会話になるのは、自分がお腹を痛めて産んでないからかなあ。忍にも責められるの。私は赤ちゃんを取り上げるプロだけど、子育ては素人以下だって」

「そんなことないと思います」と反射的に言ったけど、まったく根拠がないと気づく。

理恵先生が家でどんなお母さんなのか、知らないぼくに言えるセリフではない。

その時、真っ黒なモニタが銀色に光り、チロリン、と音がした。

「アッカンベー君」がせこせこと手紙を持ってきて、パソコンのポストに投函《とうかん》している姿がモニタ上に映った。

「今のはお友だち？」

「いえ、パパです」と答えると理恵先生の表情がこわばり、ぎこちなく微笑する。

「そうなの。あの人にしてはマメねえ」

「そんなことないです。メールの99パーセントは朝食の献立ですから」

「相変わらず、専門外は、からきしね」

理恵先生はくすり、と笑う。それから思いついたように言う。

「せっかくだからみんなで記念撮影して、あの人にメールしてみない？」

理恵先生の申し出には驚いたけれど、おかげでどうしても聞きたかった質問を口にできた。

「なぜパパと離婚したんですか？」

理恵先生はぼくを見た。しばらく黙っていたがやがて口を開いた。

「そのことは、実はあまり覚えてないの。気がついたら、それ以外に道がなかった。あの人がマサチューセッツに転任してからは遠距離の別居夫婦だったから、離れて暮らしたことが別れた原因ではないことは確かね。今もあの人のことは大好きだもの」

「それなら再婚したらどうですか」

「そう簡単にはいかないわ。今は私にもパートナーがいるし」

脳裏にセント・マリアクリニックの白衣姿の院長先生の姿が浮かぶ。

「クリニックの院長先生ですか？」

「ううん、三枝先生みたいな、立派な人じゃない。いい加減でだらしない人。でもそのだらしなさに救われたこともあったの……」

理恵先生は、小さく吐息をついて微笑する。

おとなの世界って複雑すぎる。

その時、忍がノックもせずに、部屋に飛び込んできた。部屋をぐるりと見回して、

「うわあ、散らかってる」と言う。そして気を取り直したように報告する。

「お昼の支度ができたから、すぐにリビングに来て」

忍が姿を消すと、椅子から立ち上がろうとした理恵先生は座り直す。

「よかったら、今届いたあの人のメールを読ませてもらえないかしら」

「もちろんどうぞ。どうせ大したことは書いてないでしょうけど」

理恵先生がメールを開封した。食事の献立の1行メールだと思っていたぼくは、文面が広く展開したのを見てぎょっとする。

ぼくは、パパの引きの強さを忘れていた。

ふだんどうでもいい時はダラダラしているのに、ここぞという時にはタイミングよくメールを送ってきて、ビシバシとポイントを突いてくるのは知っていたのに……。

「確かに初めの1行は献立だけど、どうもそれだけじゃなさそうね」

理恵先生の肩越しにモニタを覗《のぞ》き込んで、メールの文面を読んだぼくは青ざめた。

✉Dear Kaoru,　今日の朝食はミネストローネとジャムパンだった。
君の先日のメールを読み、パパも動くことにした。私の協力者で君が信頼する佐々木君からメールで状況を聞いてみた。結論から言うと高階学長や田口教授の判断と対応は、この状況では緩慢すぎる。事は急を要する。メールを読んだら直ちに東城大医学部に行き、緊急会議に参加しなさい。詳しくは先ほど佐々木君にメールで指示してある。　Shin

「『この状況』って、何のこと？」

一瞬悩んだけど、全てを打ち明けてしまおうと決意した。こうして秘密というものはどんどん秘密でなくなっていくんだな、と思う。その時、乱暴に扉が開いた。

「何してんの。せっかく山咲さんが作ってくれたご飯が冷めちゃうわよ」

忍は激怒していた。理恵先生が微笑して立ち上がる。

「ごめんなさいね。すぐ行くわ」と言ってぼくを見る。

「食事をしながら話を聞かせて。そして食事を終えたら、すぐにあの人の指示通りになさい。あんな切羽詰まったあの人は初めてみる。何があっても動じない人なのに」

食卓を見て理恵先生は、嬉《うれ》しそうな声を上げた。

「うわあ、赤だしの味噌汁《みそしる》に銀だらの西京漬《さいきょうづ》け。私の好きな物ばっかり」

「そりゃあそうよ。理恵ちゃんと一緒にご飯を食べるなんて15年ぶりだもの」

理恵先生は両手を合わせ「いただきます」と言い、味噌汁のお椀《わん》を取り上げた。

「おいしい。やっぱりお母さんの赤だしの味噌汁は最高ね」

忍がぶんむくれて言う。

「ママったら勝手に食べ始めちゃうなんてひどいわ。あたしたち、今までママたちを待っていたんだから」

「あら、ごめんなさい。懐かしくて、つい……」

「理恵ちゃんって昔とちっとも変わらないわねえ」と山咲さんがおっとり笑う。

山咲さんのコメントでほっこりした3人は、食事を始めた。

ぼくが「和食は珍しいね」と言うと、山咲さんは首を捻《ひね》る。

「カオルちゃんが小さい頃、パパと同じご飯がいいというから、毎日送られてくるメールの献立を参考にしていたら、いつの間にかパン食が中心になったのよ」

「それなら明日《あした》からは和食も作ってくれてもいいよ」

「その言い方は傲慢《ごうまん》よ。ちゃんと『作ってください』とお願いしなさい、お兄ちゃん」

忍はぼくの言うことがいちいち癇《かん》に障るらしい。理恵先生と一緒に暮らせなかったのは残念だけど、コイツと一緒に暮らさずに済んだのはよかった。

それにしてもコイツに「お兄ちゃん」と呼ばれるたびに、背筋が寒くなる。

たぶん、形式的にそう呼んでいることを臭わせながら話しているからだろう。

「お母さんの和食は最高ね。ところで薫さん、さっきの極秘問題って何かしら？」

「ええと、それは『エキストラオーデナリー』な問題らしくて」

「Extraordinary」と、忍がネイティヴもどきの綺麗《きれい》な発音で訂正する。

やれやれ、コイツは英語もペラペラなのか。

いよいよ美智子との対決はシビアになりそうだ。

「その尋常ならざる状況が東城大学で起こっていて、ぼくはその渦中にいるんです」

「またなの、お兄ちゃんてば、懲りない人ね」という忍の合いの手を、無視した。

〈いのち〉に関するドタバタ劇の説明を思ったよりすらすらと話せたのは、パパにレポートを書いたばかりだったからだろう。話を聞き終えた山咲さんが言った。

「だからカオルちゃんは修学旅行から帰ってきたら、毎日ふらふら出歩くようになったのね。東京でデスコとかクラブとか飲み屋さんとか、悪い場所に行くことを覚えてきたのかと思って心配していたから、少し安心したわ」

「ごめんね、心配させて。でも他の人には言っちゃダメっていう決まりなんだ」

ちろりと見ると、忍は居心地が悪そうにもぞもぞしている。

東京で飲み屋さんとか悪いところに行ったのは本当のことで、ぼくを連れて行ったのは山咲さんの前でネコを被《かぶ》っているコイツだ。

しめしめ、コイツの弱みを、またひとつ握れたぞ。

するとと理恵先生が言った。

「それなら、その会議に私も参加させてもらおうかしら」

「え？　いや、東城大以外のお医者さんがいきなり顔出しするのはちょっと……」

「たぶん、私がここにいると知ったら、あの人は会議に参加しろと言うと思うけど。ちょうどいいから、みんなの記念写真を送るついでにメールで聞いてみて。あの人がダメだと言ったらやめるから」

理恵先生の思考の速さに呆然《ぼうぜん》とする。判断スピードはパパなみだ。

「え？　『私のパパかもしれない人』に、今からみんなの写真を送るの？　やろうやろう。ついでに『私のパパかもしれない人』のメアドも教えて」

忍は生き生きした口調で言った。


✉カオル→パパへ。今、ママと妹の忍が家に来ています。とりあえず記念写真を送ります。ところで先ほどの極秘指令の会議にママが参加したいと言っていますがどうすればいいですか。

写真を添付し終えると、忍がぼくの肩をどついて「どいて」と言う。

そしてぼくを乱暴に押しのけて椅子に座ると、カタタタ、と猛スピードでタイプし始めた。

PS　はじめまして、忍です。今度、私もメールしてもいいですか。

そして勝手にCCに自分のメアドをつけて送信しやがった。

おい。

みんなで黒いモニタ画面を眺めること、しばし。

かっきり1分後、チロリン、と音がして、メールが返ってきた。

こんなしっちゃかめっちゃかな状況でもこの速度。やっぱり、パパって大した人だ。


✉はじめまして、Shinobu。君とコンタクトが取れて嬉しい。もちろんメールは大歓迎だ。

山咲先生の申し出だが、産婦人科医をメンバーに加えたいと思っていたので、是非お願いしたい。佐々木君に伝えておく。Shinobu に出席資格はないがついでにお願いしておく。記念写真をありがとう。Shinobu を立派に育ててくれた君に

感謝する。Shin

パパにしては珍しく、文脈がやや混乱気味だ。

さすがに、かなり動揺しているのだろう。

そんなところに、初めてパパの人間らしさを見た気もする。

「ほらね、言った通りだったでしょう？　じゃあ、すぐ出掛けましょう。だって沈着無比なあの人がスクランブルを掛けるなんて、相当『エキストラオーディナリー』な事態ですもの。急がないと」

そう言って立ち上がった理恵先生を見上げて、山咲さんが言った。

「用事が済んだら戻ってきてね。晩ご飯を用意しておくから」

山咲さんを見下ろした理恵先生は、微笑で応《こた》えた。

11章

5月8日（月）

ロジカル・モンスター、
降臨。

タクシーでお山の上の東城大学医学部に着くと、理恵先生は運転手さんにてきぱき指示して、オレンジ新棟に到着する。さすが卒業生、学内はよく知っているみたいだ。外付けの非常階段で3階に上がり扉を開けると、〈いのち〉がちょこんと座っていた。忍が「うわあ、何あれ」と声を上げ、他の人たちの視線が一斉に注がれる。

IMPメンバーと、赤木兄妹《きょうだい》に若月師長が勢揃いしていた上、田口教授と高階学長まで顔出ししていた。美智子が言う。

「なんでその女を連れて来たのよ。秘密厳守って言ったのはあんたでしょ、カオル」

「ごめん、つい成り行きで」

「それはカオルのお父さんにアドバイスをもらった俺に非がある。許してくれ」

「まあ、佐々木さんのご判断なら仕方がないわね」

憧《あこが》れの佐々木さんに言われて、美智子は一発でへにゃへにゃになる。

「ふうん、これが〈いのち〉ちゃんかあ。確かに『デカい』としか言いようがないわ」

あまりの衝撃に優等生の仮面が外れていることに忍は気づいていない。理恵先生はそんな忍をぽかんと見たけど、周りにいる先生たちに丁寧に挨拶《あいさつ》を始めた。

「ご無沙汰《ぶさた》しております。卒業生の山咲理恵です。東京の笹月で産婦人科クリニックを開業しています。小児科の副島准教授は同期です。こちらは娘の忍で、曾根崎君のお宅を訪問していたのですが、旧知の曾根崎教授から、この会議に参加要請され、お邪魔した次第です。高階先生の特別講義は学生の頃、感銘を受けました。田口先生は不定愁訴外来を、まだ続けていらっしゃるそうですね」

東城大の卒業生として、そつなく挨拶をした上、ちゃっかり忍まで紹介するとは流石だ。田口教授が理恵先生に他のみんなを紹介すると、咳払《せきばら》いして話し始める。

「では早速本題に入ります。マサチューセッツ工科大の曾根崎教授から一刻も早く〈いのち〉君の存在を公表した方がいいというアドバイスを受けました。そのためみなさんのコンセンサスを取り、連休明けに臨時教授会を招集したいと思います。その叩《たた》き台を作るため、連休中ながら関係者のみなさんにお集まりいただいた次第です」

「私は産婦人科医です。みなさんが話し合いをされている間、〈いのち〉君の診察をさせてください」と理恵先生が言った。

「山咲先生は人間のお医者さんですから、この子を診てもわからないと思います」

美智子の異議申し立てを聞いて、理恵先生はにっこり笑う。

「曾根崎君に聞いたけど、進藤さんはこの子のケアの中心人物だそうね。私だけで診察するのはこころもとないので、進藤さんにお手伝いをお願いできるかしら」

「え？　ええ、もちろん。この子のためなら、できることは何でもします」

　美智子の態度がころりと変わる。

　さすがは理恵先生、美智子を簡単にてなずけるとは、猛獣使いの面目躍如だ。

　美智子と理恵先生は〈いのち〉に歩みよる。〈いのち〉は見慣れない理恵先生を見て大きく息を吸い込み「ミ」と声を上げかける。

　すかさず美智子が〈いのち〉の身体をとんとんと叩く。すると〈いのち〉は、ふしゅるると息を吐き、親指をしゃぶり「マア」と言う。

　その様子を確認したメンバーは、議論を始めた。最初に発言したのは赤木先生だ。

「そもそも部外者のアドバイスで、東城大の上層部のおふたりがあたふたするなど醜態です。当初の学長裁定に従い、2ヵ月後を目途に粛々と準備を進めればいいと思うのですが」

　高階学長が首を横に振る。

「いずれ公開するのですから急いだ方がいいという、曾根崎教授の忠告は軽視できません。アドバイスを聞いてはっとしました。私も少しボケたようです。この新種生命体に関しては、いずれ公表する予定でしたので、前倒しにすればいいだけです」

　すかさず美智子が遠くから、「生命体ではなく〈いのち〉ちゃんです」と言い直す。

「確かに〈いのち〉君に対する教授会決定が『高階裁定』とズレた場合、IMPメンバーの対応を事前に詰めておくことは肝要ですね」と赤木先生が言う。

「それは最初の約束と違います」と抗議した美智子を、赤木先生は見遣《みや》る。

「気持ちはわかるが、君たちの要求は、医学界では無茶なことだ。今や研究標準はグローバル・スタンダードで、ドメスティックな感情は優先されなくなっている」

赤木先生の言葉に美智子は黙り込む。そこで反論したのは新参者の忍だった。

「ごてごてした言葉で中学生を黙らせられると思ったら大間違いよ。あの女が言っていることは、子どもを大人のわがままから守りましょうという、世界人権宣言の基本なんですからね」

赤木先生は驚いた顔で忍を見た。だがすぐに冷静に言い返す。

「世界人権宣言は知らないが、人権とは人に対するもので新種生物には適用されん」

「語るに落ちたとはこのことね、先生。日本生理学会で14年前、『動物実験について』という学会コメントを公表してる。『研究者が動物の命を大切に思う気持ちは多くの人々と同様で、実験に際しては動物の福祉と人道的取り扱いを常に心がけています』ですって。あらあ、先生の考えと真逆だわ」

忍はにっと笑い、たじたじの赤木先生を傲然《ごうぜん》と見遣った。

「忍、いい加減になさい。あなたは発言権のないオブザーバーなのよ」と理恵先生がたしなめる。

「自由闊達《かったつ》な議論は大歓迎です。でも進藤さんも、赤木先生の真意を汲《く》んでください。赤木先生のご指摘は、医学界の標準的な意見です」

高階学長の発言に、美智子は矛を収め、忍も黙った。

〈いのち〉の診察を終えた理恵先生が戻ってきて、頭を下げる。

「娘が生意気申しましたが、真意を察していただき幸いです。では〈いのち〉ちゃんの診察結果を報告します。〈いのち〉ちゃんは際だった特徴が5項目ある、明白に人類とは別種の生命体です。①体格が大きい。現在2メートル45センチでこれほど巨大なヒューマンタイプの報告例はありません。②成長が驚くべき速度ですが、三田村君の観察日記によれば、おすわりは孵化《ふか》翌日、ハイハイは4日目でしたが、2週間経った今も言語は喃語《なんご》で、成長レベルにはムラがあります。③性器が存在しません。したがって生殖形式は不明です。④食性は果実が好物で、動物性タンパクは食しません。⑤排泄孔《はいせつこう》がないため消化器系は独立していると考えられ、動物学的にきわめて特異な種族だと断定します。以上を総合しますと従来の生物学的体系に属さない、根源的な新種ですので、徹底的に医学的精査をする必要があります」

理恵先生の言葉にみな息を呑《の》む。さすがあのパパの奥さんだっただけのことはある。田口教授と高階学長はお客さま気分だし、赤木先生は研究のことしか考えていない。要するにお医者が大勢いても〈いのち〉をきちんと診てくれたのは、理恵先生だけだったわけだ。

「つまり〈いのち〉ちゃんはエイリアンなんですか？」と美智子が、疑問を口にする。

「『たまご』は洞穴で発見されたので、むしろ地球の古代固有種の可能性が高いと思います」

高階学長がまとめて、不毛に思われた会議は何となく円満に終了した。

今日の会議での唯一の収穫は、理恵先生の診察だったと思われた。

でもこれではパパのスクランブル要請に対応していない。

そもそもパパは事前に何を話し合うべきか、教えてくれなかった。

こちらをちらちら見ていた美智子が、意を決したように側にやってきた。

「さっきは助けてくれて、ありがとう」と美智子は隣の忍にお礼を言った。

「別にあんたを助けたわけじゃないわ。ひどい話だったからつい、口が滑ったのよ」

「でも感謝してる。あなたは〈いのち〉ちゃんを守るために発言してくれたんだもの」

忍は一瞬、照れたように微笑したが、すぐにつっけんどんな口調で話題を変えた。

「ところでこの子、ずっと裸ん坊のままにするつもり？」

「お洋服を作ってあげたいんだけど、成長が早すぎて型紙も作れないの」

「バカねえ。大きなシーツの真ん中に穴を開けて頭を通せば簡単でしょ」

「そっか、あんたの舞台衣装のポンチョね。いいアイディアをありがとう」

美智子は〈いのち〉の許《もと》に駆け戻ると、シーツで急ごしらえのポンチョを作り、頭から被《かぶ》せた。〈いのち〉は少しむずかったけれど、しばらくすると満足そうに「マア」と言う。遠目には巨大なてるてる坊主だけど、そんなことを言ったら、美智子と忍から挟撃を食らいそうなので黙っていた。すると三田村が隣に来てもじもじした。

ぼくが「紹介するよ。コイツはぼくの双子の妹、忍だ」と言うと三田村は、「初めまして。私は三田村と言います。医学部を志望してます」と礼儀正しく挨拶《あいさつ》をした。

「ふうん、あんたがほんとの三田村君ね」と言って、忍はにっと笑う。

ぼくはひやひやした。続いて三田村は理恵先生にお辞儀をして言う。

「先生のクリニックを今度、見学させてください」

「もちろん大歓迎よ。薫を助けてくれたそうね。これからもよろしくお願いね」

するとなぜかヘラ沼が「大丈夫っす。お任せください」と胸を張った。

何様だ、お前は。

こうして和気藹々《あいあい》とした会話の後、ぼくたちは解散した。

理恵先生と忍は、家で手短に食事を済ませた。玄関で理恵先生に山咲さんが言う。

「ご飯だけさっさと食べてそそくさと出ていく姿は、昔の理恵ちゃんのまんまね」

「ごめんね、お母さん。今度またゆっくり来るから。私も東城大の研究メンバーに組み込まれたので、ちょくちょく帰って来なくちゃいけないことになりそうだし」

「いつでも帰って来てね。遠慮しないで。ここは理恵ちゃんのお家なんだから」

別れ際、忍は山咲さんに抱きついた。山咲さんは一瞬驚いた顔をしたけど、忍を抱きしめ、背中を、とんとん、と叩いた。

〈いのち〉をあやす美智子みたいだ、とふと思う。

「忍ちゃんもまた来てね。カオルちゃんといつでも歓迎するから」

ふたりが姿を消すと、山咲さんがぽつんと言った。

「やっぱり女の子って可愛いわねえ」

がさつな男の子で悪かったですね、と心の中で毒づいたぼくは、もやもやした気分になる。

こうして突如襲来したふたりの女性は、ぼくのこころに何かを残して去っていった。

∴

ゴールデンウィークが終わった5月8日月曜。臨時教授会が開催された。

中学生を代表してぼくが出席した。佐々木さんも一緒だから安心だ。

今回の教授会には、部外者の参考人も数人要請されていた。

『神経制御解剖学教室』からは講師の赤木先生。オレンジ新棟の如月翔子看護師長。馴染《なじ》みの顔ばかりだった。

会議が始まるまで、ぼくと佐々木さんは学長室で待機した。

「会議前は退屈で雑談相手が欲しくなるんですが、誰も相手をしてくれないんです」

そう言ってボヤいた高階学長は、最後にちょっと気になることを言った。

「実は藤田君が参考人を呼びたいとおっしゃるんです。こちらも大勢参考人を呼んだ手前、ダメとは言えませんでした。君たちと因縁深い藤田君ですから一応、お伝えしておこうかと思いまして」

学長さんにも伝えないゲストって誰だろう。

佐々木さんは、「面倒だな」と呟《つぶや》く。

「せっかくなのでお茶とお茶菓子を召し上がって行ってください。私だけだとなかなか減らなくて」

ひと目で超高級菓子とわかる。唾《つば》を飲み手を伸ばそうとした時、扉がノックされた。

「学長、会議のお時間です」と女性の声がした。

「残念ですが、また今度ですね。では参りましょうか」

高階学長が立ち上がり部屋を出ていく。ぼくは高階学長と佐々木さんの後に続いた。

会議室では、教授たちが雑談していた。

入室したぼくに黒い背広の男性が近寄ってきた。

「ほうほう、曾根崎君はまだいたのか。あんな大それたことをしでかしておきながら懲りずに『ネイチャー』投稿を目指すなんて、相変わらずふてぶてしい坊やだねえ」

総合解剖学教室の藤田教授の言葉に背筋が寒くなる。この人はぼくが「ネイチャー」投稿を考えていると知っているのか。何だか、すごくイヤな予感がする。

高階学長の言葉に教授たちは思い思いに着座する。白髭《しらひげ》の草加教授や、ぼんやり顔の田口教授もいる。ストライプの背広姿の三船《みふね》事務長と雑談しているのはウワサの沼田教授かな。

腕組みをして目を閉じて、黙然と瞑想《めいそう》しているのは、最年長の外科の垣谷《かきたに》教授だ。

教授席はコの字の形に並び、空いている下座にゲストが並ぶ。

左端はぼく、隣は佐々木さん、それからショコちゃんに赤木先生。

ぼくの反対端に、初めて見る女性が座っていた。

真っ赤なスーツを着てルージュも赤。やたら赤で固めた派手な女性だ。

一見、若作りをしているけどアラフォーか、アラフィフ。時々街で見かける年齢不詳のおばさん、という感じだ。

「本日、みなさんにお集まりいただいたのは、急遽《きゅうきょ》ご検討いただきたい議題のためです。詳しくは『神経制御解剖学教室』赤木講師からご説明します」

高階学長が口火を切った。

白衣姿の赤木先生が「スライドでご説明いたします」と言うとカーテンが閉まり、室内が暗くなる。映写機が点《つ》き、白いスクリーンに「たまご」が映し出された。

「4月中旬に発見された『たまご』の大きさは1メートル半、たまごとして史上最大の大きさです。1週間後にヒューマンタイプの大型新種生物が孵化しました」

スライドが変わる。〈いのち〉の姿が映し出された部屋に、どよめきの声が上がる。

「発見者が〈いのち〉と命名しました。卵生で、人類と別種です。近傍に両親がいた痕跡《こんせき》はなく、生殖器の欠如、排泄孔《はいせつこう》の欠損など特異な特徴が認められます。まとめれば『ネイチャー』クラスの論文を連発できる可能性が高いと思われます」

ちらりと藤田教授の顔を盗み見るが、平然としている。インパクト・ファクターへの関心は、あれほど高い人なのに不自然すぎる。赤木先生の説明は続く。

「〈いのち〉は現在、オレンジ新棟3階の特別室で保護しております。緊急の学長裁定により〈いのち〉に関する研究は現在、凍結されています。本日先生方にお集まりいただいたのは、この新種生物に対して、本学としていかなる姿勢で対応すべきか、決定していただきたいためです」

説明を終えた赤木先生は着席し、ほっとしたような表情を見せた。

「ご質問はありますか」という高階学長の言葉に、真っ先に挙手した藤田要《かなめ》教授は、咳払《せきばら》いをして立ち上がる。

「この新種生物は東城大の敷地外で発見されたとのことですが、学外の生物を学内のオレンジ新棟に保護するという決定はいつ、どなたがされたのでしょうか」

赤木先生は口ごもると、高階学長が口を開いた。

「相談を受けた田口教授と協議の上で、私が臨時措置として決定しました」

「ほうほう。それが学長の特別裁定、ということなんですね。では、オレンジ新棟に受け入れた日時はいつですか」

「4月21日で、時刻は、昼過ぎです」とオレンジ新棟師長、ショコちゃんが答えた。

「それは妙ですね。その時期、大学はオープンしていたはずですが」

黙り込むショコちゃんに助け船を出すように、田口教授が口を開く。

「学長のご判断です。情報が全くないまま教授会にご相談しても判断材料が不足して議論にならないだろうというのが、高階学長の臨時裁定の根拠でした」

「ほうほう、合理的に聞こえますが、教授会軽視の独断にも見えますね。まあよろしい。確認しますが、本日の会合は新種生物に関し医学部での扱い、端的に言えばこの新種生物への実験対応についての指針を作成するという意図で招集されたという理解でよろしいでしょうか」

よろしくないわ、とこの場に美智子がいたら、即座に言い返しただろう。

しかももっと過激な言葉で。

美智子がいなくてよかった、とほっとする。田口教授が穏やかな声で言う。

「概《おおむ》ねよろしいかと思います。せっかくなので藤田教授のご意見を伺いましょう」

「ほうほう。ここで発言権を頂戴《ちょうだい》できるとは、田口教授は名前通り公平な方ですね」

「愚痴っぽいとも言うがな」と野太い声の発言に、室内に笑い声が溢《あふ》れる。

発言者は野武士然とした古豪の外科医、垣谷教授だ。藤田教授は咳払いをする。

「ご指名ですので所感を若干述べさせていただきます。新種生物受け入れの経緯は問題だらけですが、過去の糾弾は止め、前向きの提案をしましょう。新種生物のケアと研究責任者を教授会で決定すべきです。ケアに関してはオレンジ新棟2階看護部、研究は『神経制御解剖学教室』の草加教授の指導の下、赤木講師が対応してきたようですね。ケア担当はそのままでいいと思いますが、研究担当者は変更すべきです。その役には不肖・藤田が立候補させていただきます」

「そうか、私の指導体制では不十分かね?」と白髭仙人、草加教授が細い声で言う。

「草加教授の研究は形態観察がメインで、新種生物に関し非侵襲的検査を前提にしています。不肖・藤田は、最小限の侵襲行為を容認し分子生物学的解析を主体とした研究を実施します。それは全世界の生物学的研究領域に、迅速に新知見をもたらすことでしょう。高階学長の英断を望みます」

藤田教授の横取り発言に反論したのは、隣の佐々木さんだ。

「医学部4年の佐々木です。今の意見に反対です。〈いのち〉の研究は『非侵襲的』手法に限定され、その枠組の中で赤木先生は研究スキームを構築中です」

するとすかさず、フクロウ魔神、藤田教授が反論する。

「ほうほう、佐々木君は『総合解剖学教室』に適応できず教室を辞め、草加教授の教室に拾われたようだが、ずいぶんご立派なことを宣《のたま》うね。彼は委託研究員だった桃倉君と一緒に、いい加減な研究をして論文取り消し処分を受け、東城大の声価を貶《おとし》めた人物です。そんな者の言葉をわが東城大の研究指針とするのはモラル・ハザードにつながります。彼の発言は議事録から削除願います」

瞬間、ぼくの身体を怒りの炎の柱が突き抜けた。思わず藤田教授に摑《つか》みかかりそうになる。でも身体は動かなかった。隣の佐々木さんがぼくの肩に手を置き、押さえ込んでいたからだ。その手は震えていた。

そこにのんびりした声が響いた。

「佐々木君は、私が出席を要請したゲストですので、発言削除の動議については学長権限で却下します。田口先生、今の佐々木君の発言は議事録に残してください」

高階学長の発言に、佐々木さんの手から力が脱《ぬ》け、すとん、と着座した。

高階学長は、発言をつづけた。

「藤田教授も、いろいろ思うところはおありなのかもしれませんが、教室の主宰者としてもう少し、おおらかな対応をお願いいたします」

「ほうほう、学長ともあろうお方が、道を踏み外した青年を更生させるために学術の府の正論をねじ曲げようというのですか。よろしい、それでは学長より視野の広い方のご意見を伺ってみましょう。ご紹介します。本日、参考人としてお呼びしたのはそちらにおられる……」

するとぼくの反対側に座った赤ずくめの服装の女性が立ち上がる。

「自己紹介は自分でやります。わたくしは、文部科学省学術教育室局長兼特別学制企画室臨時室長の小原紅《くれない》と申します。部下には『スカーレット』と呼ばれております」

名前を聞いてぎょっとする。

パパが昔、言っていた「潜在能力試験の全国平均を30点にしてほしいという奇妙な依頼をした、変わり者の文部科学省の女性キャリア」ではないか。

小原さんは続けた。

「コードネームは名前の『紅』に因《ちな》んだと思われる方もいるかもしれませんが、それは違います。名字が小原でコードネームがスカーレットと来たらそう、一発屋作家として有名なマーガレット・ミッチェルの不朽の名作『風と共に去りぬ』のヒロイン、スカーレット・オハラです。彼女の性格造形はわたくしがモデルなのです」

滅茶苦茶《めちゃくちゃ》だ。アラフィフの女性が、戦前の大作の主人公のモデルであるわけがない。

みんなが呆《あき》れ果てる中、小原さんは淡々と続ける。

「藤田教授には『文部科学省特別科学研究費B・戦略的将来構想プロジェクト』の際にご協力いただきました。とても有望な企画でしたが、東城大の対応が未熟で頓挫《とんざ》してしまったのは、返す返すも無念千万です。奇《く》しくもここに当時の当事者が3名も同席している偶然には驚かされましたけど」

小原さんはぼくを一瞥《いちべつ》した。心臓に氷の刃《やいば》を突き立てられた気分だ。

「東城大が低迷する原因がよくわかりました。これほど有望なマテリアルを手にしながら何という遅滞。米国の雄、マサチューセッツ医科大学なら今頃『ネイチャー』にラピドレポートを10本は掲載し、センセーションを巻き起こしたでしょう。そんな東城大の現状を憂慮され藤田教授はわたくしにオブザーバー参加を要請されました。そのスピード感こそが、グローバル・スタンダードなのです」

「今回の会議招集はマサチューセッツ工科大のゲーム理論の碩学《せきがく》、曾根崎伸一郎教授のアドバイスによるものです」と田口教授が言い返す。

「曾根崎教授は怜悧《れいり》な方ですが、惜しむらくは虚構世界を構築する理論学者ですので、今回の件でトンチンカンな判断をしたようですね」

パパの悪口にむっとする。

ここまでくると〈赤服女性《レディ・イン・レッド》〉ではなく、〈警告カード淑女《レッドカード・レディ》〉だろう。

ぼくは反射的に立ち上がる。

「初めまして。ぼくはあなたがプログラムした飛び級システムで、東城大医学部に中学生で入学し、ご迷惑を掛けた張本人の曾根崎薫です」

「まあ。写真よりも、幼稚でナイーブそうな坊やですね。あなたに関する情報は、藤田教授から逐一報告されていましたので、よく存じ上げています」

「それならぼくがあのテストの問題作成者、曾根崎伸一郎の息子だということを承知の上で、今のご発言をされたのでしょうか」

「あなたが曾根崎教授の御令息ですって？　信じられない。そんなことは藤田教授の報告書には、ひと言も書いてなかったわ」

「あ、いや、それはとっくに把握済みかと思いまして……」

藤田教授はあからさまに動揺している。ぼくですら藤田教授の言葉には同意できる。

珍しい名字が重なればひょっとして、と思うのが普通だし、調べればぼくの素性は一発でわかるはず。ひょっとしたらこの人って、どこかヌケているのでは……。

でもさすがレッドカード・レディ、たちまち態勢を立て直す。

「今から検討するのは未来の事案ですから過去の問題はひとまず棚上げして、結論を申し上げますと、本研究に関する基本ライン構築はプロフェッサー・フジタに一任します。これは個人の一存ではなく、文部科学省としての決定事項なのです」

うう、東城大のオールマイティ、高階学長の上を行く権限を持つ人材の登場とは。

悪代官・フクロウ教授の策略の深さは恐ろしい。その時脳裏をよぎったのは、結論を聞いたら間違いなくヒステリーを起こすであろう、美智子の怒り顔だ。

——カオルってば、言われっぱなしでのこのこ戻ってくるなんてサイテー、だからあたしが出るって言ったのに、もういい、もう一度臨時会議を招集して、あたしが説き伏せるから。

美智子の怒濤《どとう》の罵倒《ばとう》の一気読みが脳内で再現される。いや、再現ではなく未来予測か。ほんと、ニューロンの可能性は無限大だ。

などと、のんきなことを考えている場合ではない。

老中の委託を受けたのが、よりによって悪代官藤田教授だなんて、絶体絶命の大ピンチだ。でもぼくたちの守護天使、高階学長と田口教授から焦りの気配は感じない。諦《あきら》めたのかなと思っていたら高階学長が言う。

「どうやら想定したサイアクの事態です。やむを得ません。田口先生、よろしく」

田口教授は深々と吐息をつくと、スマホを取り出し、画面をタップした。

すると後ろのドアががらりと開いて、背広姿の小太りの男性が「ジャーン」という効果音を自分で言いながら部屋に入ってきた。

晴れわたった空のように青い背広、夕陽のように真っ赤なシャツ、銀杏《いちょう》の葉みたいな黄色のネクタイ。三原色の色とりどりの服装の人物を見て、小原さんが、なぜかいきなりコテコテの関西弁になって言う。

「ど、どうしてあんたがこんなところにいてるのよ」

「仕方ないだろ。田口センセから相談された時、ははあ、藤田センセの切り札は小原だなって、ピン、ときちゃったんだもの。しかし黙って聞いてればよくもここまで言いたい放題してくれたもんだな、小原。でも確研の頃からの筋の悪さは変わらないね。七対《チートイ》ドラ単騎は派手だけど効率が悪すぎるって、何度も教えてやったのに」

そう言って三原色魔神はくるりと向きを変えると、教授たちに向き合った。

「解説します。確研とは帝華大麻雀《マージャン》サークル『確率研究会』のことで、その全盛期の黄金面子《メンツ》は霞《かすみ》が関《せき》を牛耳る4人組、財務省の高嶺《たかね》、警察庁の加納《かのう》、文科省の小原、そして厚労省のぼくの4人です。因《ちな》みに小原はいつもドベ引いて泣きベソかいてました」

「失礼やわ。確かにあたしの、確研での戦績は329勝570敗で負け越しやけど、あんたも似たような成績やないか」

「あのう、こちらの方は一体どこのどなたで……」と藤田教授が口を挟んだ。

それは部屋にいた人の半分が思っていたことだ。ちなみに残り半分は顔をしかめていたので、この人とは旧知なのだろう。小太り男性の身なりはレッドカード・レディとは別の方向で派手だった。

三原色そろい踏みのその姿に、「ヤバダー」フリークのぼくは「極楽鳥かよ」と、即座に心中でツッコんだ。その人は深々とお辞儀をして言った。

「僕としたことが、会議出席者の大部分は顔馴染《かおなじ》みなのでつい、自己紹介を怠ってしまいました。私は今回の異常事態発生に東城大学リスクマネジメント委員会委員長、田口教授から出動要請を受けた厚生労働省の白鳥《しらとり》です。肩書きはいろいろありますので厚労省のホームページを検索して各自で好きな肩書きを採用してください。因みにコードネームは『火喰《ひく》い鳥』です」

「極楽鳥」ではなく「火喰い鳥」だったか、とぼくは「ヤバダー」フリークらしい感想を抱いた。けれどもそれを言う相手が、この場に誰もいなかったのは残念だ。

「というわけで先ほど文科省の小原室長が発動した強権に関しましては、医学研究を司《つかさど》る監督官庁、厚労省を代表としまして、とりあえず撤回させていただきます」

「何の権限があってウチの決定に、そないないちゃもんをつけるねん」

「相変わらず人の話を聞かないヤツだなあ、小原。大学病院の監督権限だって言っただろ」

「なめたらアカン。ウチの方は、大学機構の監督権限で決定したのや。ウチの方が、上位官庁やろうが」

「小原、お前はその年になってまだ役所の基本原則を理解してないのか。名称が二つ重なったら、強いのは後出しジャンケンの方だ。つまり『大学・病院』と重なった名称なら、後にある『病院』の方が強いんだぞ」

闖入者《ちんにゅうしゃ》の三原色魔神はひと言で、ハチャメチャなレッドカード・レディを撃退した。

「覚えてろや。今日は準備不足やからここらで引き揚げるけど、近日中に正式な命令を持って戻ってくるでな。白鳥、そんときゃ全面戦争や」

「覚えてやがれ、と言われて覚えている間抜けはいないよ。それよか小原、僕とお前が組めば白と赤、紅白饅頭《まんじゅう》で目出度《めでた》いから、いがみ合うのは止めて仲良くやろうよ」

「冗談やろ。ウチは饅頭ちゃう。あんたみたいな丸デブと一緒にされるのは御免や」

捨て台詞《ぜりふ》を吐くとレッドカード・レディは立ち上がり、部屋を出て行こうとする。

最初の印象が完全崩壊した彼女は扉口で振り返ると、「プロフェッサー・フジタ」と低い声で呼び、くいっと顎《あご》をしゃくる。こっちに来いや、という仕草だ。

藤田教授はゼンマイ仕掛け人形のように、ぴょこんと立ち上がると、小原さんの後に続いてそそくさと会議室を出ていった。

会議室の空気は一気に弛《ゆる》んだ。

その後の30分は白鳥さんの独壇場で、火喰い鳥という渾名《あだな》を実感した。口八丁手八丁の白鳥さんは学長裁定を追認しつつ、多少の実験的要素まで認めさせ、3日後に東城大が〈いのち〉について公式発表をすることを一気呵成《かせい》に決めてしまった。

それはＩＭＰの代表委員のぼく、そしてぼくの背後で目を光らせている実質的なボスである美智子の目から見ても、妥当な判断に思われた。

「まあ、ざっとこんなところかな。今回は、田口センセや高階センセにしてはまずまずの対応だったね。まあ、ギリギリで合格点をあげてもいいけど、できれば僕を当てにせず自分たちで何とかしてもらいたかったな。だって相手はあの小原なんだよ？　あの程度のヤツに振り回されていたら、この先が思い遣《や》られるよ」

田口教授が、心底嫌そうな顔をする。その表情を見ていると、ぼくの中で確立していた、田口教授は人格者だ、という評価ががらがらと音を立てて崩れていく。

臨時教授会が終わると白鳥さんは田口教授と高階学長と一緒に姿を消した。

ぼくの目には、牧羊犬の白鳥さんに、従順な羊の２人の先生が、追い立てられているように見えた。

すべてのケリがついた時、「すごい助っ人でしたね」と小声で話しかけると、隣の佐々木さんは顔をしかめた。

「あの人の本当の渾名は『ロジカル・モンスター』だ。うっかり気を抜くと、身も心もボロボロにされちまうから、せいぜい気をつけるんだな」と忠告してくれた。

佐々木さんまで好意的でなさそうなのは意外だった。

臨時教授会は、突然の派手な打ち上げ花火合戦になったけれど、最後は線香花火が散るみたいに尻《しり》すぼみに終わった。現状維持が容認されたから明日《あした》、美智子に怒られないで済むので、ぼくはほっとした。

でもぼくは、一番重要なことを忘れていた。

この会議はステルス・シンイチロウの異名を取る、ぼくのパパの要請で開催されていた。

あのパパが緊急要請したのに、こんな生ぬるい現状維持でいいはずがない。

事実、その後の展開は怒濤の津波となって、のんきなぼくたちはひと呑《の》みにされてしまったのだった。

12章

5月11日（木）

夜明け前が
一番暗い。

臨時教授会が開催された3日後の5月11日。東城大学医学部首脳陣は公式発表会を開いた。

高階学長、田口教授、草加教授、そしてIMP代表としてぼくがひな壇に並んだ。たくさんのメディアが参加し、マイクが林立した。その様子を見てトラウマが甦《よみがえ》る。でもあれから1年、傷は少しは癒《い》えたようだ。

それに今回の発表者は高階学長だから安心だ。

ひな壇から見るとサクラテレビの黒サングラスのディレクターさんや、白いワイシャツに緑色の腕章を巻いた時風新報《ときかぜしんぽう》科学部の村山《むらやま》記者の顔が見えた。でもヘラ沼のお気に入りの女子レポーター、大久保リリさんの顔はなかった。チーム曾根崎のメンバーも、学校を休んで傍聴しにきた。

美智子は先日の会議でぼくの配慮が不十分で怒っていて、ヘラ沼は大久保リリさんに会えるかもしれないという邪念に胸を膨らませて、三田村は東城大の正式な医学的対応について興味津々で、つまりてんでんバラバラながら三人三様、それぞれ学校を休む動機はしっかり持ち合わせていたわけだ。

でも、いつも側にいてくれた佐々木さんがいないのは心細い。何かあったのか、とかすかな不安が胸をよぎる。その時、司会役の女性が開会を告げた。

「只今《ただいま》より東城大学医学部特殊研究広報室の田口より報告させていただきます。お配りしたプリントは『新種生物に関する東城大学医学部の対応』に関する要旨です」

田口教授は淡々とプリントを読み上げる。

田口教授の肩書きの部署の名前は初耳だった。今回の発表のため高階学長が急ごしらえしたのかもしれない。それにしても先日の会議の結果次第では、一歩間違えば、この発表を仕切っていたのが藤田教授になっていたかも、と思うとぞっとする。

そんなことを考えていたら突然、後ろの扉が開いてレッドカード・レディ小原さんと、黒背広を着た藤田教授が連れ立って登場した。

ぼくは心臓が止まるくらいびっくりした。

壇上のぼくたちを眺めながら、2人は一番後ろの椅子に座る。すると直後に反対側の扉が開いて、派手派手しい三原色の服を着た小太りの男性が姿を見せた。

厚生労働省の火喰《ひく》い鳥、白鳥さんだ。ぼくはほっとした。田口教授や高階学長だと小原さんの暴走を止められないかもしれないけど、火喰い鳥がいれば大丈夫だろう。

小原さんも、白鳥さんの入室に気がついて顔をしかめた。

田口教授は顔を上げ、傍聴席を見た途端、急につっかえ始める。

会場内に妙な熱気が籠《こ》もり始めた。傍聴席に座っている美智子が不安そうにぼくを見た。

美智子はイライラしていた。彼女の気持ちは痛いほどわかる。

さっきから田口教授の説明は、〈いのち〉の研究にあたり、どんな指針を作成したかということに終始していたからだ。

田口教授の「朗読」が終わり質疑応答に入った途端、記者席から手が挙がる。

「時風新報科学部の村山です。この新種生物は世紀の大発見と報じて差し支えないものです。その対象に対し東城大の取り組みは人道的かつ誠実ですが、少々人道的すぎる気もします。もう少し踏み込んだ研究をしてもよろしいのではないでしょうか」

「今回の発表はこうした事態に遭遇し、暗中模索の中で構築したものです。ご指摘の点は今後の課題として真摯《しんし》に検討させていただきます」

「トゥー・レイト。そんなだからジャパンはナンバーワンになれないのよ」

レッドカード・レディが鋭い声を上げて立ち上がる。

「不規則発言はご遠慮ください」と司会の女性がストップしたが、暴走レディは止まらない。

「わたくしは文部科学省学術教育室局長兼特別学制企画室臨時室長、小原紅です。みなさま、以後お見知りおきを。さて、司会の方には不規則発言と批判されましたので、正式に発言を要請します。お許しくださいますか、高階学長?」

「もちろんです。東城大のモットーは『学術議論にタブーなし』ですから」

「お許しを得たので発言しますが、これは東城大学上層部による発表に対する質問ではなく、これから以後は文科省の新たな巨大プロジェクトに関する正式発表をこの場をお借りして、行なうものに変わります」

藤田教授が薄笑いを浮かべて立ち上がると、記者たちにプリントを配り始める。

最後にひな壇のところに来て、ぼくたちにも1枚ずつ紙を配った。

『文部科学省特別科学研究費Z・こころプロジェクト』と題したプリントを見て、高階学長と田口教授は、額を寄せてひそひそ話を始めた。小原さんのきんきん声が響く。

「文科省は新種生物を『こころ』と命名、予算総額百億円の巨大プロジェクトを創設しました。本プロジェクトは東城大の手を離れ、内閣府と文科省直轄の合同チームとなり、国崎《くにさき》首相自ら指名する特区プロジェクトとなります」

「東城大の協力なくして本研究は成立しません。新種生物の知識のないスタッフが対応したらすべては台無しになります」と高階学長が即座に抗議する。

「その点はご心配なく。これは首相案件であり、百億円巨大プロジェクトの包括責任者は、ここにおられる藤田教授となります。加えてケアと研究の中心となる協力員をご紹介します。どうぞ、お入りください」

レッドカード・レディが声を掛けると、後ろの扉が開いて男性が2人入ってきた。2人は小原さんと藤田教授の傍らに立つ。それを見て、ぼくは愕然《がくぜん》とした。

小原さんが朗々とした声で言う。

「本プロジェクトの主任研究員、赤木雄作氏と佐々木アツシ氏のお二方は新種生物『こころ』誕生時から関わってきた方たちであり『こころ』の生態を熟知しています。このお二方が今後の本プロジェクトの主軸となります。何かご質問はございますか」

どうして佐々木さんがそこにいるんだ？　これはひどい裏切りだ。

ぼくの抗議の視線にも、佐々木さんは平然としていた。その右目が冷たく光る。

東城大の研究方針の発表のはずが、いきなり内閣府の巨額プロジェクトの公表に変わってしまったので、記者さんたちも騒然とした。

時風新報の村山記者が挙手する。

「研究主体は東城大から離れるとのことですが、拠点はどこになるのですか」

「文部科学省管轄の『未来医学探究センター』です」

脳裏に水平線にきらりと光る、ガラスの〈光塔《ミナレット》〉が浮かんだ。

小原さんは、椅子に座った白鳥さんをちらりと見て、滔々《とうとう》と続けた。

「同センターは厚労省管轄でしたが、先年不祥事が発覚し、文科省に移管されました。佐々木氏はそこの主任担当官でもあります。赤木氏は人類最大の謎、『こころ』の全容解明のため地道な研究を重ねてきました。本プロジェクトを『こころ』と命名したのは新種生物を分子生物学的、画像診断学的、生物学的という多面的に総合的に解析して、人のこころの秘密に迫ることを第一義としたためです。加えて同センターでの『コールドスリープ』及び『SSS（凍眠学習システム）』の試行を連動させることで、人類の新しい叡智《えいち》の扉を開くこととなるでしょう」

小原さんは得意満面で続けた。

「こうした変更について新担当者が、東城大に事前報告しなかったことが職務規定違反に当たるのではないかというご批判については、首相案件で超法規的対応が要請されたため、個人レベルでは対応が不可能だったことをご報告させていただきます」

小原さんが質問を募ると記者がわらわら手を挙げた。その質問に小原さんが丁寧に答えるのを、壇上の高階学長も田口教授もぼくも、為す術《すべ》もなく見守るしかなかった。

後部座席を見ると、白鳥さんも腕組みをしてむっつりしていた。

藤田教授の隣に直立不動で立つ佐々木さんの、冷たく光る右目は虚空を睨《にら》み、ぼくと視線を合わせようとしない。

ようやく壇上の高階学長が挙手して、口を開いた。

「東城大は研究担当から外されているようですが、現在〈いのち〉君は当大学の病院施設にいます。実質的に研究だけ分離するのは不可能だと思われますが」

「その点はご心配なく。巨大新種生物のため『未来医学探究センター』の隣に新たな収容施設『こころハウス』の建設を完了しております」

「建設が完了している、ですって？」

「ええ。この『首相案件』の成立を受けて3日前、こちらの臨時教授会での討議を受けた後、即座に首相は自衛隊に協力要請し、総力を挙げた突貫工事で巨大新種生物の収容施設を完成させました。これより間もなく移送作戦を開始します」

「現在、〈いのち〉君を保護している施設代表者として、当方の承認なき移送には断固反対します」と高階学長が言う。

「反対を表明するのは勝手ですが、これは首相案件ですので、ムダなことですよ」

そこにヘルメットを被《かぶ》った迷彩服姿の隊員が駆け込んできた。

「巨大新種生物移送作戦を開始しましたが、新種生物の抵抗に遭い部隊は危機に瀕《ひん》しております。発砲許可を願います」

「〈いのち〉ちゃんに発砲するなんて、許さないから」

美智子が叫び声を上げて立ち上がると、隊員の側を走り抜けた。ヘラ沼と三田村も立ち上がり美智子の後を追う。小原さんは、周囲を見回して言った。

「後日『こころハウス』にて正式会見ならびに新種生物のお披露目をします。これにてプロジェクト発表会見を終了させていただきます」

　記者さんたちも一斉に走り出す。藤田教授、赤木先生、佐々木さんを引き連れ出て行こうとした小原さんは、白鳥さんの前で立ち止まる。

「どや、参ったか」と言われた白鳥さんは肩をすくめた。

「ダントツのトップがラス前に国士無双十三面待ちのダブル役満を食らった気分だよ」

「負けをあっさり認めるとは、やけに素直やな」

「もともと僕は素直だよ。でもひとつ忠告しておく。国崎首相を信用するなよ。自分がちやほやされることと、お友だちと仲良くすることにしか興味がない人だからね。あんなヤツに忖度《そんたく》してもムダさ。いきなりハシゴを外されて泣きをみるのがオチだ」

「なんや、負け惜しみ言うんは、我慢でけへんか」

「僕のセリフをよく聞けよ。僕はラス前にダブル役満を食らった気分だと言ったけど、負けた、とは言っていない。まだラス親が残っているからね」

「ふん、負け惜しみやな」と鼻先で笑った小原さんは、「ほな行くで」と藤田教授、赤木先生、佐々木さんに声を掛け、姿を消した。記者会見を乗っ取られた形になった高階学長と田口教授は、壇上で呆然《ぼうぜん》としていたが、我に返って立ち上がる。

「我々も行こう。大変なことになっているようだ」

　ぼくたちが走り出すのを、後部座席に座った白鳥さんは悠然と見送っていた。

旧病院棟を飛び出したぼくたちは、土手の途中で迷彩服姿の自衛隊員に阻止された。先に出た人たちも足止めを食らい、先頭で美智子が大声で抗議している。

「あたしは〈いのち〉ちゃんのママなんです。通してください」

そんな美智子を三田村とヘラ沼が懸命になだめている。その側を小原さん一行4人が悠然と通り過ぎていく。美智子は涙でぐしゃぐしゃになった顔をぼくに向けた。

「カオル、何とかして。佐々木さんがおかしくなっちゃった」

佐々木さんの心変わりはぼくにも驚きで、どうすればいいのか、わからない。

佐々木さんはいつもぼくの味方だったのに。

それなのになぜ、よりによってあの藤田教授なんかと……。

「やっぱカネかよ。百億円はすごいもんな」

ヘラ沼が、前を行く4人に怒鳴り声を上げる。

一瞬立ち止まった佐々木さんの肩がぴくりと震えた。でも振り返らず、オレンジ新棟のある雑木林に姿を消した。遠くで「ミギャア」という〈いのち〉の泣き声がした。

美智子は自衛隊員に体当たりして防御線を突破しようとしたけれど、女の子の力では敵《かな》うはずがない。

「ミギャア、ミギャア」と〈いのち〉の泣き声が立て続けに聞こえてくる。

美智子は地べたにぺたんと座り込み、泣き崩れる。

「ごめんね、〈いのち〉ちゃん」

その時だった。雑木林の中から白衣姿の看護師さんが走ってくるのが見えた。

オレンジ新棟の爆弾娘、看護師長ショコちゃんはぼくたちを見つけると、一目散に駆け寄ってきて、迷彩服の自衛隊員の人垣を背後からかき分ける。

思わぬ方向からの一撃に、鉄壁の人垣が一瞬崩れた。

「美智子ちゃん、こっちよ」とショコちゃんは美智子の手を引っ張る。美智子は瞬間、ぼくの手を摑《つか》んだので、ぼくも一緒に人垣の向こうに引っ張り込まれた。

「こら、入るな」と迷彩服の隊員が言うと、「小原室長の指示よ」とショコちゃんは言い放ち、美智子の手を取りオレンジ新棟に向かって走り出す。芋蔓式《いもづるしき》に美智子に引きずられたぼくも、自衛隊の警備員の手が届く場所から遠ざかる。

「ショコちゃん、〈いのち〉は大丈夫なの？」と走りながらぼくが訊《たず》ねる。

「大丈夫なワケないでしょ。突然突入してきたレンジャー部隊が、〈いのち〉君を無理やり連れ出そうとしたので、怯《おび》えて泣きわめいてる。その声で鼓膜をやられた隊員もいて、発砲許可を取ろうとしたから飛び出してきたの。美智子ちゃんが必要なの」

オレンジ新棟の側の駐車場にとまった巨大なトレーラーの側に、レンジャー部隊の隊員が数人いた。非常階段を上って行く小原さんたちにショコちゃんが追いすがる。

「病棟責任者の如月師長よ。通しなさい」

レッドカード・レディ、小原さんは振り返る。

「ぶっ飛び師長ひとり押さえられないなんて、自衛隊レンジャー部隊も落ちたものね。仕方ない。その3人は通してあげなさい」

ぼくたちは小原さん一行に追いついた。

「佐々木さん、一体どうしちゃったんですか」と美智子がすがりついた手を、佐々木さんは何も言わずに振りほどく。

3階から「ミギャア」という泣き声が響く。

美智子は先頭の小原さんや藤田教授を突き飛ばし、非常階段を駆け上がる。

ぼくも美智子のポニーテールの後を追う。扉を押し開くと「ミギャア」という声が雑木林にこだました。美智子はまっしぐらに部屋に飛び込む。

柵《さく》はひん曲がり、果物の破片が飛び散っている。

真っ白だったシーツのポンチョは果汁や埃《ほこり》で汚れ、びりびりに破れている。

〈いのち〉を取り囲んだレンジャー部隊が銃を構えていた。

「やめろ」と怒鳴って銃を摑んだぼくは、払いのけられて床に転がった。

「レンジャー部隊に組みつくなんて、無茶な坊やだな」と藤田教授の声がした。

「小原室長、麻酔銃の発砲許可を願います」とレンジャー部隊の隊長が言う。

「仕方ないわね」と答えた小原さんに美智子がすがりつく。

「撃たないで。あたしがおとなしくさせますから」

それまで黙っていた佐々木さんが口を開いた。

「進藤さんは誰よりも親身に〈いのち〉君をケアしてきました。まず彼女にトライさせてみてもいいのでは」

「わかったわ。麻酔弾を使わずに済めば、経費を削減できるから優先すべき対処ね。進藤さんとやら、『こころ』を落ち着かせて、おとなしくさせなさい」

そう言った小原さんは佐々木さんを振り返る。

「今の発言に伴い、ひとつ訂正しておくわ。本プロジェクトにおいてあの巨大新種生物は『こころ』に改名したの。〈いのち〉なんていう素っ頓狂《とんきょう》な名前は、あなたの前頭葉の記憶領域から完全に削除しなさい」

〈いのち〉は両腕を振り回し、足を踏みならす。3メートル近い巨体が動くのは恐い。

美智子は両手を広げて、ゆっくりと〈いのち〉に近づいていく。

「〈いのち〉ちゃん。怖かったわね。でも、もう大丈夫。ママが来たからね」

〈いのち〉は泣き止むと、涙をためた大きな目で美智子を見た。

美智子は足元に寄り添うと〈いのち〉の太腿《ふともも》を、とん、とんと叩《たた》き始める。次第に〈いのち〉の表情が和らいで、とろんとしていく。

やがて、どしんと尻餅《しりもち》をつき、ころりと横たわった。

美智子は〈いのち〉の背中側に回ると、背中をとんとん、と叩き続ける。〈いのち〉は、すやすやと寝息を立て始めた。

「ママを名乗るだけあって、大したものね」と小原さんが言う。

美智子は顔を上げ、小原さんを睨《にら》む。その目には〈いのち〉と同じように涙があふれていた。そこにレンジャー部隊の隊長がやってきて敬礼する。

「室長、計測では、対象の新種生物は大きすぎて搬出不可能です。どうしますか」

「出口が小さいなら壊すしかないでしょ。爆破班を呼んできて」

「よろしいのでありますか？」

「心配しないで。これは首相案件よ。搬出作戦はプランBに変更するわ」

「は」と敬礼した隊長はトランシーバーで命令を伝達する。

「搬送計画はプランBに変更。5分後の一五〇〇時に当該建物の3階出入口を爆破する。爆破班は直ちに準備にかかれ」

その命令に、レンジャー部隊の人たちが一斉に姿を消す。

真っ赤なスーツ姿の小原さんは〈いのち〉の側にしゃがみ込むと、バッグから注射器を取り出し、慣れた手つきで注射した。

「なにするの」と美智子が鋭い声を上げる。

〈いのち〉は一瞬、ぴくりとするが、すぐにすやすやと寝息を立て続ける。

「麻酔薬を打っただけよ。また大泣きされたら困るからね」

「1分後に爆破しますので、これを装着してください」

傍らにいたレンジャー部隊の隊長が耳栓をくれた。美智子は耳栓をつけ〈いのち〉の両耳を手で押さえると、「大丈夫、怖くないからね」と囁《ささや》きかける。

「ファイヤー」という隊長の号令と共に、閃光《せんこう》が走り衝撃波が襲う。轟音《ごうおん》が響き、がらがらと壁が崩れる。オレンジ新棟3階の壁から青空が見えた。

自衛隊員が破壊された瓦礫《がれき》を片付け、別の一隊がマットに10人掛かりで〈いのち〉を移す。四隅の穴にフックを掛けると〈いのち〉を包むふろしきみたいになる。

青空からクレーンのアームが降りてきた。〈いのち〉を運ぶ隊員は、フックに鋼鉄のロープの輪を引っ掛けた。

「OK。吊《つ》り上げろ」と言うと、ウィン、ウィンと機械音と共に〈いのち〉の包みが徐々に持ち上げられていく。

美智子はその包みに手を触れながら、一緒に移動する。佐々木さんが「あぶない」と言って美智子を押さえると、美智子は〈いのち〉の包みから引き離された。

包みはゆっくり旋回し、地上へ降りていく。見下ろすと、駐車場のトレーラーの荷台の屋根が左右にわかれた。そこに〈いのち〉がすっぽり収納された。

レンジャー部隊の隊員がフックを外すと、荷台の屋根がゆっくりと閉まっていく。

「さあ、行くわよ」と小原さんは藤田教授に声を掛けると、美智子に言う。

「あなたも一緒に来なさい。この子を落ち着かせるのは、あなたの役目よ」

美智子はふらふらと、夢遊病者のように小原さんの後について行く。

美智子に続こうとしたぼくに、「あんたはダメよ」と小原さんが冷たく言い放つ。

ぼくはオレンジ新棟3階の外付け非常階段の踊り場から、小原さんの一行がトレーラーの荷台に乗り込むのを眺めるしかなかった。

最後に乗り込んだ美智子が、ぼくを見上げた。その唇が「たすけて、カオル」と言ったのが読み取れた。眼下でトレーラーが走り去ると、ぼくはへなへなと、その場にしゃがみ込んでしまった。

ぼくの傍らで、腕組みをして仁王立ちしているショコちゃんが言った。

「おのれ、よくもあたしのオレンジでやりたい放題して滅茶苦茶《めちゃくちゃ》にしてくれたわね。このままでは済まさないわよ、真っ赤っ赤のトウガラシ女め」

毒づくショコちゃんを尻目に、レンジャー部隊の隊員が粛々と撤収していく。

「とりあえず美智子ちゃんが付き添っているし、裏切り者のアッシもいるからそんなにひどいことにはならないでしょ。まずはここの片付けね。反撃はそれからよ」

ショコちゃんがそう言ったところに田口教授と高階学長、白鳥さんがやってきた。

「今回の暴挙に断固、抗議します。記者さんがまだいますから、この惨状を見てもらい、抗議声明を発信しましょう」と田口教授が言うと、白鳥さんが首を横に振る。

「田口センセの対応は妥当だし、とりあえずやってもいいとは思うけど、おそらくムダだろうね」

「こんな蛮行が許されるのですか？」

「許されないけど、やりたい放題で無責任な国崎首相にメディアは迎合してるから、道理の通らない世の中になってるんだ。でもおかげで問題の輪郭がはっきりしてきた。これは総力戦のほんの前哨戦《ぜんしょうせん》だから、こんな程度でオタオタしてはいられないよ」

「とりあえずこの惨状を記者さんたちに見てもらいます」と言って、田口教授と高階学長は連れ立って非常階段を降りていく。

ぼくはショコちゃんと瓦礫の後片付けを始めた。

〈いのち〉がいなくなったオレンジ新棟3階はがらんとしていた。

小一時間して部屋は片付け終えたけれど、田口教授は戻ってこなかった。

翌朝。時風新報の桜宮版を見た。でもいつもの地元の風物詩の記事の他、目新しいものはなかった。朝食を食べながら朝のワイドショーをザッピングしたけれど、どの局も昨日の事件は報道していなかった。

なんだか昨日起こったことが夢のように思えた。
登校するため、いつもの青いバスに乗った。そこに美智子の姿はなかった。
教室に入るとヘラ沼と三田村がぼくに駆け寄ってきた。
「進藤さんは休学するらしいです。さっき田中先生が校長室に呼び出されました」
不安が黒雲のように広がる。
その時、その朝、いつもと違っていたことが、もうひとつあったことに気がついた。
今朝、パパからの朝食報告メールがなかったのだ。
ぼくは急に、パラレルワールドに引きずり込まれたような気分になった。

∴

放課後。教室に残ったぼくとヘラ沼、三田村の3人はぼんやり窓の外を眺めていた。
いつもなら〈いのち〉がいるオレンジに向かっている時間だ。
「IMPはどうなってしまうんでしょうか」と三田村がぽつん、と訊《たず》ねる。
「進藤がいなくなったんだから、解散かな」とヘラ沼があっさり言う。
「平沼君はそれでいいんですか」
気色《けしき》ばむ三田村に、ヘラ沼が気圧《けお》されたように言う。

「よかないさ。でも相手は文部科学省のお役人に自衛隊のレンジャー部隊に国崎首相だぞ。俺たちなんて吹けば飛ぶよなミジンコみたいなもんさ」

いや、ミジンコは吹いても飛ばないぞ。珍しく「ヤバダー」フリークらしからぬ失言をしたヘラ沼にツッコむ絶好のチャンスだったが、残念ながらそんな元気はない。

「曾根崎君、このままでいいんですか」と三田村が言う。

え？　そこでぼくに振るわけ？

「まあ、よかないけど、でも、どうしようもないだろ」

「今からでも、進藤さんを助けに行くべきです。仲間なんですから」

「助けに行くって、どこにどうやって？」

「推測すると、進藤は桜宮岬の『未来医学探究センター』にいるだろうな」

ヘラ沼が言う。そこは佐々木さんが住んでいる場所だ。

まさか佐々木さんが悪の手先になり、美智子を捕らえるなんて夢にも思わなかった。

「確かに何もしないでいたらチーム曾根崎の名がすたる。美智子がいるかどうかわからないけど、〈いのち〉はそこに収容されているから、『未来医学探究センター』に潜入はすべきだな。三田村、塾はいいのか」

「塾なんかより、こちらが優先なのは当たり前です」

凛《りん》として言い放った三田村の横顔を、ぼくは惚《ほ》れ惚《ぼ》れと見つめた。

「未来医学探究センター」へ行くには「桜宮岬行き」のバスに乗る。

大昔はそこにあったお寺の名前の「碧翠院《へきすいいん》行き」だったらしい。終点の「桜宮岬」のひとつ前が「センター前」だ。

小学校の頃、遠足で海岸に来たことがある。ぼくは磯《いそ》だまりでカニを追いかけるのに夢中で、そこに建っていた建物のことはあまり覚えていない。

バスを降りると、道の果てに銀色に輝く硝子《ガラス》の塔が見えた。

間近で見るのは初めてだ。見上げるとかなり高い塔だった。その傍らには、巨大なプレハブの建物があり、自衛隊のトラックが2台、並んで停まっていた。

「あそこに〈いのち〉が囚《とら》われているのは間違いなさそうだ。たぶん進藤もあそこにいるんだろうな」

ヘラ沼が小声で言う。周囲に誰もいないのに、ぼくも小声で答えた。

「守りは固そうだから、今すぐ奪還するのは難しそうだ」

勇ましいことを言っていた三田村も、反論はしない。

「とりあえず陽が落ちてから、『未来医学探究センター』への侵入を試みてみよう」

ぼくの言葉にヘラ沼と三田村はうなずいた。5月中旬の日没は午後6時40分頃だ。

辺りが暗くなり、草むらに隠れていたぼくたちは、しゃがんで塔に近づいていく。

入口の扉は金属製で、把手《とって》もなく開け方がわからない。

入口でもたついていたら、突然、扉が開いた。自動ドアだったのかと、拍子抜けしながら足音を忍ばせ中に入る。

薄暗いエントランスの真ん中には螺旋《らせん》階段があり、上階と地下室に延びている。

ぼくたちは螺旋階段に歩み寄り、おそるおそる頭を出して地下室を覗《のぞ》き込む。

突然ライトが点《つ》き、部屋が明るくなった。

驚いて地下室を見ると、フロアの真ん中に置かれたソファで腕枕で寝そべっている人と目が合った。佐々木さんは上半身を起こす。

「そろそろ来る頃だと思っていたよ。コソ泥みたいな真似をせず、降りてこい」

その時、ぼくたちは不法侵入という罪を犯してしまったことに気がついたのだった。

地下室のピロティで最初に目に入ったのは、部屋の真ん中に置かれた黒いグランドピアノだ。

佐々木さんがピアノを弾くなんて、知らなかった。

壁に備え付けられた全身が映る鏡。その奥の1段高くなった一角に水槽がある。

熱帯魚でも飼っているのかなと思ったけど中は見えない。

ぼくにはその水槽が祭壇に見えた。

ここは神殿なのかも、と、なぜかふと思う。

ぼくたちは佐々木さんが座っているのと向かいのソファに3人並んで座る。

「聞きたいことがあるから、ここに来たんだろ。さっさと聞けばいいだろ」

「美智子はどこにいるんですか」とぼくは訊ねた。

「隣のバラックだ。進藤君はしばらく休学する。夜はここでみんなと食事してハイヤーで家に送る。俺はこっちで仕事をして、食事の時以外は彼女と会わない。ゆうべ彼女がここに来たのは9時過ぎだ」

ぼくはほっとした。それならそれは美智子自身が望んだことでもあるのだろう。

「佐々木さんはなぜ藤田教授の手下になっちゃったんですか。桃倉さんとの約束を忘れたんですか」

佐々木さんは一瞬苦しげに顔を歪《ゆが》めたが、すぐに無表情に戻ると言った。

「形式的には俺は藤田教授の部下だが、実際は小原さんの直属だ。俺がこのセンターに勤務し始めた頃、ここの主管が厚労省から文科省に変わったから、俺は文科省の臨時職員として働いていたわけだ。だからこれは当然の人事だ」

「働いていたって、3月まで佐々木さんは高校生だったのでは」

「俺は桜宮学園高等部と東城大学医学部の二重学籍を持った高校生医学生だが、本業はセンターの専属管理人だ。ここの業務で給料をもらっている」

頭がくらくらした。

胸に金のエンブレム、グレーのブレザーは桜宮の子どもたちの憧《あこが》れ。

桜宮学園は入学するのも大変なのに、東城大医学部の医学生にもなって、文部科学省の特別なセンターの臨時職員でもあるなんて、この人は一体何者なんだ？

「小原さんは直接の上司だったから、命令に逆らえなかったんですか」

「そうとも言えるし、そうでないとも言える。たとえ相手が上司でも不当な命令にはノーを言うくらいは、俺にだってできる。だが……」

「だが、何です？」

「いや、何でもない。言えないことを口にするのは男らしくなかったな」

それ以上聞いても、佐々木さんはこのことについて話す気はないんだろう。

「〈いのち〉君はどうなるんですか」と三田村が質問した。

「わからない。ただ〈いのち〉に関しては赤木先生の『こころプロジェクト』が始動している。そのためここに昨日、ＶＩＰが連れてこられた。その人は今、２階の部屋で瞑想《めいそう》している」

「誰ですか、それは」

「知らない。桜宮の一部では、かなりの名の知れた人らしいが……」

やはりここでも守秘義務の壁に突き当たるようだ。

「俺はここで大切な人の面倒を見てきた。それは俺の願いでもあった。だがここで別のＶＩＰの面倒を見ることになった。そのことはまだ、俺の中で整理がついていない」

「佐々木さんはパパとのホットラインがありましたよね。この件に関してパパは何と言っているんですか」

「それを俺に聞くということは、どういう状況になっているか、想像がつくだろう？」

はっとした。そう言えば今朝もパパからのメールは届いていない。

背筋が寒くなる。まさか、パパとの連絡が遮断されているのか……？

急に足元がぐらつき始めた。

「佐々木さんは俺たちを裏切ったんすか」とヘラ沼が単刀直入に訊《たず》ねる。

その率直さに佐々木さんは苦笑して答える。

「こんな状況になったら、違う、とは言えないだろうな。言い訳はしない」

「〈いのち〉のため私たちと一緒に一生懸命、やってくれたのにひどいです」

三田村が言うと、佐々木さんは立ち上がる。

「人にはしがらみというものがある。俺はそうしたものと無縁だと思っていたが、今回の件で、他の誰よりもしがらみに縛られていたことに気づかされたよ。さあ、もう帰れ。もうすぐ桜宮駅行きの最終バスが出る」

「このままでは帰れません」

佐々木さんは吹き抜けの真上の天井を見上げて言う。

「ガキみたいなことを言うな。お前たちがここに居続けたら、今後の活動ができなくなるぞ。『こころプロジェクト』周辺は監視カメラや盗聴器でがちがちに固められている。ここは俺がダミー映像を流しているから安全だが、玄関やバス停周辺は監視されているからお前たちが来たことは丸見えだ。これからは総力戦になる。お前たちが持つ武器、共に闘う仲間の力を結集しなければ、とうてい勝ち目はない」

「まるで誰かと戦争でも始めるみたいなことを言ってますけど、敵は誰なんですか」

「ガキのクセに直感力は大したもんだ。そう、これは戦争で、敵は『組織』だ」

「組織ってＣＩＡとかＦＢＩですか」とサスペンスドラマの見過ぎのヘラ沼が言う。

「『組織』は単に『組織』だ。『組織』が一番大切だと思う連中の総体が『組織』の実体だ。さあ、本当に最終バスに乗り遅れるぞ。早く行け」

はぐらかされた気分になったぼくは、すがりつくように訊ねる。

「最後にひとつ、答えてください。佐々木さんは今でもぼくたちの味方、ですよね」

佐々木さんは、冷たく光る右目でぼくを凝視した。

「俺がお前の味方だったことはこれまで一度もない。そして、これからも、な」

佐々木さんの冷たい言葉が、ぼくの胸の中を、季節外れの木枯らしのように吹き抜けていった。

最終バスに飛び乗ったぼくたちは、暗い道を揺られながら、何も話さなかった。

海岸線を走るバスの左手に真っ暗な海原が広がっている。

後方には、銀色に光る硝子《ガラス》の塔が、地面に突き刺した勇者の剣みたいに、鈍い光を放っている。あの剣を引き抜いて悪者を倒すのが、ぼくのミッションかもしれない。

ぼくたちは、桜宮駅前のロータリーで停まったバスから降りる。

ちょうど桜宮駅を、最終の新幹線が出発するところだった。

1ヵ月前、ぼくたちが新幹線で東京へ修学旅行に行ったのが夢のようだ。

ほんのわずかな間に、なんといろいろなことが起こったことだろう。

ぼくたちは駅で「桜宮水族館行き」に乗り換えた。次の「三田村医院前」で三田村が降りた。三田村は力なく、ぼくたちを見たけれど、何も言わなかった。

それから二つ目、美智子がいつも乗ってくる「ジョナーズ前」を過ぎ、次のバス停がぼくのマンションのある「メゾン・ド・マドンナ前」だった。

ぼくがバスを降りようとすると、ヘラ沼が声を掛けてきたので振り返る。

「カオルちゃん、絶対に〈いのち〉は奪還するからな」

ぼくは「おう」と答えた。ヘラ沼が肘《ひじ》を突き出したので、ぼくも肘を突き出してぶつけた。

そして続けて拳《こぶし》をぶつけ合う。

バスを降りると、ヘラ沼を乗せた青いバスは夜の闇の中に姿を消した。


家に帰ると、テーブルの上には夕食が並んでいて、メモが置いてあった。

――待ちくたびれたので先に寝ます。晩ご飯を食べたら、食器は流しに置いてね。

ぼくはアジの干物とご飯を食べた。味噌汁《みそしる》の具はナメコだった。

理恵先生と忍が家にやってきてから、和食の献立が増えたような気がする。

ぼくは食器を片付けて洗った。それは生まれて初めてだ。

闘いに臨む勇者なら、自分のことは自分でやらなければならない気がした。

部屋に戻りパソコンをチェックした。パパからのメールは届いていない。

物心ついて以来、パパからメールが来ない日が続いたのは初めてのことだ。

恐ろしい予感に震える。

これから何が起こるのだろう。

そしてぼくはどこへ向かっていくのだろう。

この広い世界の中、パパの助けもなく、ひとりで敵に立ち向かわなければならないのかもしれない。そう思うと、身体が小刻みに震えた。

ぼくの周りの闇は、どんどん深くなっていく。

疲れ切っていたぼくはやがて、泥のような眠りに落ちた。

後で思い返せば、あの夜はぼくにとって「どん底」だった。

〈いのち〉が奪われ、美智子は引き立てられていき、佐々木さんには裏切られた。

パパからのメールも届かない。

ぼくはどん詰まりの行き止まりで、ひとりもがいていた。

夜明け前が一番暗い。でも、明けない夜はない。

目を覚ますと、朝日がぼくのベッドを照らしていた。

その光に照らされた時、ぼくは、ふいに覚悟を決めた。

大切なことを決める時って案外、こんな風にあっさりしているのかもしれない。

∴

さて、この物語はここで、唐突に終わる。

〈いのち〉の運命は結局どうなるのか、という疑問もあるだろうけど、世の中の大概のことは、こんな風に決着がつかないまま終わったりするものだ。

でもひとつの物語の終わりは、新たな物語の始まりでもある。

だからこそ、この物語はここできっぱり終わりにするのが正しい、かもしれない。

この先の物語を想像するのもいいし、気まぐれなぼくが続きを語り始めるのを我慢強く待つのも悪くない。

そう、この世の中のことには、正解なんてないのだから。

夜明け前が一番暗い。でも、明けない夜はない。

やがてぼくは闇の底で、一筋の光明を見つけることになるだろう。

だけど、それはどん底に落ちたからこそ、見えてきた風景だった。

そんなことを考えていたら、昔パパがメールで教えてくれた言葉を思い出した。

〈セ・ラ・ヴィ〉。日本語で「これが人生だ」。

ぼくの、大好きな言葉だ。

ここまでぼくは、大変な目に遭ったと思っていた。

でもそれは、大騒動のほんの入口にすぎなかったことを、やがて思い知らされるような予感がする。

なのにぼくは、一歩前に足を踏み出そうと決意していた。

なぜぼくは、今さら、そんなことをしようとしているんだろう？

答えはわかっている。

それは〈いのち〉を救うためだ。ぼくは何度も自分に言い聞かせる。

非力な者には非力なりの闘い方がある。その時、頼りになるのは自分だけだ。

そう気づいたぼくは、過去の自分と別れを告げて、目の前の新たな扉を押し開けた。

そこに現れたのは更なる強大な「敵」、全身全霊を傾けて対決しなければならないような、本物の「敵」だった。

文庫版のあとがき

　２０２３年夏、『医学のひよこ』と『医学のつばさ』の文庫版が完成して、ついに「薫くんシリーズ三部作」が完結しました。これは若い読者向けに書いたものです。もちろん、大人が読んでも楽しいものにしたつもりです。

　２００８年に上梓《じょうし》した『医学のたまご』は、大勢の人に愛された作品でした。サイン会で「『たまご』を読んで医者になろうと思いました」と言ってくれる医学生と出会うことも何回かあり、嬉《うれ》しい反面、責任の重さを感じていました。なのでこの物語を無事、閉じることができて、ほっとしています。『たまご』の続篇の『ひよこ』と『つばさ』はひと続きの物語なので、できれば一緒に読んでもらいたい作品です。

　今は若い人たちにとって、とても生きにくい世の中になっています。それは私たち大人の責任が大きいと思います。なので物語の中の薫くんたちのように、息苦しい壁に立ち向かってほしいなあ、なんて考えています。

　２０１９年12月以後、新型コロナウイルスが全世界を席巻《せっけん》し、世界は大きく変わりました。そんな中、医療従事者の人たちは懸命にコロナ患者の治療に当たり、とてもご苦労されました。けれども残念なこともありました。中でもよくないな、と思ったのが、一部の医療従事者がマスクをしたり、ワクチンを打ったりすることが絶対的な正義と考え、それ以外の考えの人たちを攻撃したことです。

医療に正解はありません。ある時代に正しいと思われたことも、知識を積み重ねていくと間違っていた、ということはよくあります。ただしコロナ対策は世界中の叡智《えいち》を集めたもので、大きく間違えてはいません。それなのに分断されてしまったのは、自分が正しいと思い込み、他の人を攻撃する人たちがいたせいです。

そうした態度を「非寛容」といいます。そうならないようにするには、自分が間違えている可能性を常に念頭に置いておくことです。そうすれば声高に自分の正しさを主張する人は減り、世の中はもっと住みやすくなるでしょう。

2023年5月、コロナに対する社会の対応は大きく変わりました。その時、それまで正義を振りかざしていた人たちが、こっそり看板を下ろしたのを目の当たりにしました。この本の読者は、そういう態度は恥ずかしいことだ、と感じるだろうと思います。そして、そういう人が増えれば、居心地のいい社会ができる、と信じています。

この本を読んで、そうしたことについても少しだけ考えてもらえるといいなあ、というのが今の気持ちです。

さあ、みなさんも薫くんと、ジェットコースターみたいな冒険に出掛けましょう。

その先にはきっと、明るい未来が待っています。

2023年5月　　海堂　尊

参考文献

『脳の意識　機械の意識』渡辺正峰　２０１７年　中公新書

海堂尊×ヨシタケシンスケ
『医学のひよこ』『医学のつばさ』
刊行記念対談

本対談は、2021年5、6月に小社より
単行本『医学のひよこ』『医学のつばさ』が刊行された際に、
KADOKAWA文芸WEBマガジン「カドブン」に掲載されたものです。

ヨシタケファン第1号は海堂尊!?

海堂尊（以下海堂）：僕とヨシタケさんはお互い無名時代に出会っているんですよ。

ヨシタケシンスケ（以下ヨシタケ）：そうなんですよね。まだ作家の「海堂尊」が誕生する前。僕もまだ絵本を描いていませんでした。

海堂：Ai（死亡時画像診断）を普及するために医学専門の出版社から本を出すことになり、ヨシタケさんの『しかもフタが無い』というイラスト集の絵を使わせてもらおうと思ったんです。ヨシタケシンスケという人に絵の転載許可をもらってください、と編集者にお願いしたら、ヨシタケさんが、転載はだめだけど新しく描き下ろします、と言ってくださって。

ヨシタケ：そのとき本はまだ1冊しか出していなくて、出版社と権利関係でややこしくなるくらいなら、新しく描かせてもらったほうがいいかな、と思ったんです。挿絵の仕事もしていたので。

海堂：描き下ろしてくださると聞いて、マジか、ありがたい、と。それで出版社で、打ち合わせをしたんですよね。

ヨシタケ：打ち合わせで覚えているのは、Ａｉについて熱く語られていたことと、僕の絵をすごく気に入ってくださっていると感じたことです。『しかもフタが無い』のページを開いて、１枚１枚この絵はこういうところが面白い、とおっしゃっていただいて、すごく嬉《うれ》しかったんです。それまでまったく知らない方に感想を言っていただけることとなんてほとんどなかったので。

海堂：それならヨシタケさんのファン第１号を名乗ってもいいですね。「僕のファン第１号は海堂尊です」って、あちこちで言いふらしてくださいね。

ヨシタケ：ほんとそんな感じですよ。あのイラスト集、ぜんぜん売れなくて、誰が読んでいるんだろう、と思っていましたから。こんなにちゃんと見てくれている人がいるんだ、と勇気づけられました。

海堂：イラストもいいんですが添えられた言葉も秀逸で。仕事で疲れたときにぼーっと見ると癒《い》やされるんです。ゴロッと横になって見ているといつのまにか寝ていたり。当時から一読者として、この人は将来、絶対にビッグになると思いましたね。まさか絵本界のプリンスになるとは思ってもいませんでしたけど。

五本の指に入る衝撃

ヨシタケ：無事にＡｉの本が出版されて、それから次にお会いするまでちょっと間が空きましたね。

海堂：そこに衝撃の再会が待っていた（笑）。

ヨシタケ：あるとき、海堂尊という作家の小説に絵を描いて欲しいという依頼が来ました。僕の知らない間に「海堂尊」っていう作家が誕生していたんです。

海堂：それが、『医学のたまご』だったんです。

ヨシタケ：編集の方は、僕と海堂さんが以前仕事をしたことがあると知らずに僕に依頼してくれたんです。編集者さんを介してのやりとりだったので、「海堂尊」さんとお会いする機会がないまま絵を描きました。本ができあがって打ち上げをすることになり、そのとき初めて「海堂尊」の詳しいプロフィールを聞いて、「Ａｉを推進しているお医者さん？　あれ？　そういえば、前に〝Ａｉ、Ａｉ〟って言ってた人と仕事をしたことがあったな。でも海堂って名前じゃなかったけど」。それでネットで検索したら「やっぱりあの人だ」と（笑）。

海堂：僕のほうが少し気づくのが早かったですね。『医学のたまご』の原稿を書き上げたときに、編集者から「海堂さんにぴったりのイラストレーターさんを見つけたから楽しみにしていてください」と言われたんです。どんな人だろう、と楽しみに待っていたら、送られてきたイラストを見て、あらびっくり。「この人、知ってる」（笑）。

これは、作家になって相手をびっくりさせた出来事の中でも、五本の指に入ります。

デビュー直後、A・i学会の同志に『チーム・バチスタの栄光』を店頭で購入してプレゼントして、「この小説、A・iが使われているんだぜ」と言って、驚く相手に向かって、「実はこれ、俺が書いたんだよね」と伝えたときの反応に匹敵するくらいの（笑）。

単行本の装画イメージは映画のポスター

ヨシタケ：そのあと、海堂さんと何度かお仕事をさせていただいています。
海堂：今回の『医学のひよこ』と『医学のつばさ』は、『医学のたまご』の続篇なので、絵はヨシタケさん一択でした。でも、『たまご』が出てからの13年でヨシタケさんが絵本作家としてすごく有名になったので「こんな仕事はできない」と断られるんじゃないかとドキドキしてました。お受けいただきありがとうございます。
ヨシタケ：いえいえ、そんなことはないですけど（笑）。ただ、その間にこちらも微妙に絵柄が変わっている部分があるので、注文に応《こた》えられるかな、という心配はあったんです。編集者の方から、『たまご』から時間も空いているし、『たまご』と絵のテイストを合わせる必要はないと言っていただけたので安心しました。表紙の絵は『たまご』と比べると密度が高くなり、印象が違うかもしれません。
海堂：カラフルで絵本みたいな雰囲気になりましたね。
ヨシタケ：『たまご』のときは、絵で説明しすぎないようにあえてシンプルにしたんです。薫《かおる》とお父さんがメールをやりとりして、互いの顔が見えないまま物語が進むという世界を壊さないようにしたかったからです。

海堂：『医学のたまご』の表紙の絵は、たまごの中に主人公の薫がひとりポツンといるという、シンプルな絵でした。今回は絵をもらったとき「そうか、こう来るのか」とシビれました。『ひよこ』と『つばさ』は、物語自体が、薫が仲間たちとわいわいやる感じなので、絵もにぎやかで、『たまご』から『ひよこ』、そして『つばさ』へと、うまくギア・チェンジしてもらえた気分です。

ヨシタケ：『たまご』から、『ひよこ』と『つばさ』の間に、海堂さんの作品がどんどん増えて、世界観が分厚くなっていますよね。『ひよこ』と『つばさ』は登場人物も多いし、外連味《けれんみ》もたっぷり。キャラクターのからみあいもドラマチックで映像的。映画みたいだなと思ったんです。だから、登場人物がずらりと並んでいるような、昔の映画のポスターみたいな感じにできたら、と考えました。

単行本版『医学のひよこ』

単行本版『医学のつばさ』

扉絵を描くうえで悩んだこと

海堂：『たまご』を書いたときに、いずれ続篇を書くつもりだったんです。その舞台は桜宮サーガのエンド・ポイントである2022年頃になるだろうと思っていました。ただ、構想が思い浮かばなくて放置していたんです。

でも、気がついたらすぐそこに来ていて、これはやばいと（笑）。この二作を書いて、『たまご』を出したのは2008年で、2022年って遠い未来に思えたんですよね。僕の小説世界に決着をつけられたかなと思います。まだ閉じていない部分もありますが、かなり閉じた。閉じて丸くなって、ひとつの世界が終わる。そこに登場したのが、絵本界のプリンス・ヨシタケさんだとは、私は強運だと言わざるをえない（笑）。

ヨシタケ：だといいんですが（笑）。表紙以外に各章の扉に絵を描いたんですが、大変だったのは、この二作にだけ出てくるわけではない登場人物がたくさんいて、その人たちをどう描くかということ。この人物の外見がほかの小説でどう描写されているかをぜんぶ調べるのはさすがにできなくて。『ひよこ』『つばさ』で描写されている外見の特徴はなるべく拾ったんですが、この人をこういうキャラとして描いてしまっていいんだろうか。読者のイメージとズレていたら困るなと悩みましたね。

海堂：その点はまったく問題なかったです。むしろ、思っていた以上にストレートに描いてくださったことが意外でした。ヨシタケさんの得意技は、的をわざと外して人の気持ちを惹起《じゃっき》させることだと思うんですが、今回、描いていただいた絵はかなり直球でしたね。お話をうかがってその理由がわかりました。登場人物が多いと的も絞りにくいし、読者が混乱してしまいそうですね。

ヨシタケ：そうなんですよね。描く側としては、的を外すと絵と小説の距離が離れすぎちゃうし、中途半端に的に近づけるとわかりづらくなる。登場人物たち全員にピントを合わせることで、どこを見るかは読者に任せます、という結果になりました。

海堂：ヨシタケさんの創作手法だとめったにやらない方法だと思うんです。僕、ヨシタケさんにポリシーを曲げさせる仕事をお願いすることが多くて（笑）。

ヨシタケ：悶絶《もんぜつ》することが多かったのは事実ですね（笑）。でも、海堂さんとのお仕事は大変なことも多いんですが、やるたびに成長できる。新しい引き出しができるので感謝しかないです。

海堂：もともと僕が一本釣りをした才能ですから。そこからヨシタケさんの苦難の道、そしてビクトリーロードが始まったわけだから、許してください（笑）。

桜宮サーガのつくり方

ヨシタケ：読者としての純粋な疑問なんですが、海堂さんの小説にはあちこちに同じ登場人物が出てきますよね。ここにこの人物を出そう、というのはどうやって考えるんですか。

海堂：最近、参考文献として自分の本を読むようにしています（笑）。『ひよこ』と『つばさ』では、薫くんとお友達、アッシあたりがコアなメンバーです。すると、彼らの周りにいた人が使えないかなと思って、前に書いた本を読み直すと、なぜかぴったりの人がいる。たとえば、今回は牧村瑞人《まきむらみずと》とか浜田小夜《はまださよ》がそうですね。

簡単に言えば、いきあたりばったりです（笑）。

ヨシタケ：こんな緻密《ちみつ》な世界をどうやって組み立ててるんだろう、と読むたびに驚かされます。相当にヘンな人だなあ、と。

海堂：自分でもそう思いますよ。シリーズもので登場人物がたくさん出てくる本はあるけど、ひとつの世界でいろんなチャレンジをするヘンな作家だな、と（笑）。そんな僕のヘンな本に、斜め上から絵筆で斬りかかってくるヨシタケさんは負けず劣らずヘンな人だなと思いますけど（笑）。

ヨシタケ：最高の褒め言葉です（笑）。これからもよろしくお願いします。

（取材・文／タカザワケンジ）

本書は、二〇二一年五月に小社より刊行された
単行本を加筆修正の上、文庫化したものです。
目次・地図・章扉イラスト／ヨシタケシンスケ
目次・章扉デザイン／守先 正

医《い》学《がく》のひよこ

海堂《かいどう》 尊《たける》

令和5年 7月25日　初版発行

発行者●山下直久

発行●株式会社KADOKAWA
〒102-8177　東京都千代田区富士見2-13-3
電話　0570-002-301（ナビダイヤル）

角川文庫 23731

印刷所●株式会社暁印刷
製本所●本間製本株式会社

表紙画●和田三造

ISBN 978-4-04-113983-7　C0193

◇◇◇

角川文庫発刊に際して

角　川　源　義

第二次世界大戦の敗北は、軍事力の敗北であった以上に、私たちの若い文化力の敗退であった。私たちの文化が戦争に対して如何に無力であり、単なるあだ花に過ぎなかったかを、私たちは身を以て体験し痛感した。西洋近代文化の摂取にとって、明治以後八十年の歳月は決して短かすぎたとは言えない。にもかかわらず、近代文化の伝統を確立し、自由な批判と柔軟な良識に富む文化層として自らを形成することに私たちは失敗して来た。そしてこれは、各層への文化の普及滲透を任務とする出版人の責任でもあった。

一九四五年以来、私たちは再び振出しに戻り、第一歩から踏み出すことを余儀なくされた。これは大きな不幸ではあるが、反面、これまでの混沌・未熟・歪曲の中にあった我が国の文化に秩序と確たる基礎を齎らすためには絶好の機会でもある。角川書店は、このような祖国の文化的危機にあたり、微力をも顧みず再建の礎石たるべき抱負と決意とをもって出発したが、ここに創立以来の念願を果すべく角川文庫を発刊する。これまで刊行されたあらゆる全集叢書文庫類の長所と短所とを検討し、古今東西の不朽の典籍を、良心的編集のもとに、廉価に、そして書架にふさわしい美本として、多くのひとびとに提供しようとする。しかし私たちは徒らに百科全書的な知識のジレッタントを作ることを目的とせず、あくまで祖国の文化に秩序と再建への道を示し、この文庫を角川書店の栄ある事業として、今後永久に継続発展せしめ、学芸と教養との殿堂として大成せんことを期したい。多くの読書子の愛情ある忠言と支持とによって、この希望と抱負とを完遂せしめられんことを願う。

一九四九年五月三日

角川文庫ベストセラー

医学のたまご　海堂　尊

曾根崎薫14歳。ごくフツーの中学生の彼が、ひょんなことから「日本一の天才少年」となり、東城大の医学部で研究することに！　だが驚きの大発見をしてしまい大騒動へ。医学研究の矛盾に直面したカオルは……。

新装版　螺鈿迷宮　海堂　尊

「この病院、あまりにも人が死にすぎる」――終末医療の最先端施設として注目を集める桜宮病院。黒い噂のあるその病院に、東城大学の医学生・天馬が潜入した。だがそこでは、毎夜のように不審死が……。

輝天炎上　海堂　尊

碧翠院桜宮病院の事件から1年。医学生・天馬はゼミの課題で「日本の死因究明制度」を調べることに。やがて制度の矛盾に気づき始める。その頃、桜宮一族の生き残りが活動を始め……『螺鈿迷宮』の続編登場！

モルフェウスの領域　海堂　尊

日比野涼子は未来医学探究センターで、「コールドスリープ」技術により眠る少年の生命維持を担当している。少年が目覚める際に重大な問題が発生することに気づいた涼子は、彼を守るための戦いを開始する……。

アクアマリンの神殿　海堂　尊

未来医学探究センターで暮らす佐々木アツシは、正体を隠して学園生活を送っていた。彼の業務は、センターで眠る、ある女性を見守ること。だが彼女の目覚めが近づくにつれ、少年は重大な決断を迫られる――。

角川文庫ベストセラー

氷獄　海堂尊

手術室での殺人事件として世を震撼させた「バチスタ・スキャンダル」。新人弁護士・日高正義は、その被疑者の弁護人となった。黙秘する被疑者、死刑を目指す検察。そこで日高は――。表題作を含む全4篇。

鹿の王　1　上橋菜穂子

故郷を守るため死兵となった戦士団〈独角〉。その頭だったヴァンはある夜、囚われていた岩塩鉱で不気味な犬たちに襲われる。襲撃から生き延びた幼い少女と共に逃亡するヴァンだが!?

黒医　久坂部羊

「心の病気で働かないヤツは屑」と言われる社会。「高齢者優遇法」が施行され、死に物狂いで働く若者たち。こんな未来は厭ですか――？　救いなき医療と社会の未来をブラックユーモアたっぷりに描く短篇集。

切り裂きジャックの告白
刑事犬養隼人　中山七里

臓器をすべてくり抜かれた死体が発見された。やがてテレビ局に犯人から声明文が届く。いったい犯人の狙いは何か。さらに第二の事件が起こり……警視庁捜査一課の犬養が執念の捜査に乗り出す！

バッテリー　全六巻　あさのあつこ

中学入学直前の春、岡山県の県境の町に引っ越してきた巧。ピッチャーとしての自分の才能を信じ切る彼の前に、同級生の豪が現れ!?　二人なら「最高のバッテリー」になれる！　世代を超えるベストセラー!!